CRIMES E CASTIGOS

Severino Rodrigues (org.)
Regina Drummond • Flávia Côrtes
Luis Eduardo Matta • Shirley Souza
Luís Dill • Rosana Rios

CRIMES E *CASTIGOS*

Severino Rodrigues (org.)
Regina Drummond • Flávia Côrtes
Luis Eduardo Matta • Shirley Souza
Luís Dill • Rosana Rios

Ilustrações de
Augusto Zambonato

© Editora do Brasil S.A., 2020
Todos os direitos reservados
Texto © Severino Rodrigues (org.), Regina Drummond, Flávia Côrtes, Luis Eduardo Matta, Shirley Souza, Luís Dill, Rosana Rios
Ilustrações © Augusto Zambonato

Direção-geral: Vicente Tortamano Avanso

Direção editorial: Felipe Ramos Poletti
Supervisão editorial: Gilsandro Vieira Sales
Edição: Paulo Fuzinelli
Assistência editorial: Aline Sá Martins
Auxílio editorial: Marcela Muniz
Supervisão de arte: Andrea Melo
Design gráfico: Julia Anastacio/Obá Editorial
Editoração eletrônica: Samira de Souza
Supervisão de revisão: Dora Helena Feres
Revisão: Elis Beletti

Dados Internacionais de Catalogação na Publicação (CIP)
(Câmara Brasileira do Livro, SP, Brasil)

> Crimes e castigos / Severino Rodrigues (org.). –
> São Paulo : Editora do Brasil, 2020. –
> (A sete chaves)
> Vários autores.
> ISBN 978-85-10-08031-6
> 1. Contos - Coletâneas - Literatura juvenil
> I. Rodrigues, Severino. II. Série.
> 19-31397   CDD-028.5

Índice para catálogo sistemático:

1. Contos : Coletâneas : Literatura juvenil   028.5
Cibele Maria Dias - Bibliotecária - CRB-8/9427

1ª edição / 1ª impressão, 2020
Impresso na Ricargraf Gráfica e Editora Ltda.

Rua Conselheiro Nébias, 887
São Paulo, SP – CEP: 01203-001
Fone: +55 11 3226-0211
www.editoradobrasil.com.br

SUMÁRIO

O QUE FOI QUE EU FIZ? 6
Severino Rodrigues

UMA IMAGEM, MIL CONFLITOS 23
Regina Drummond

O NÚMERO 1 44
Flávia Côrtes

A AMIGA PERFEITA 58
Luis Eduardo Matta

DESTINOS 74
Shirley Souza

V DE VITÓRIA 89
Luís Dill

A SÉTIMA CHAVE 103
Rosana Rios

O QUE FOI QUE EU FIZ?

Severino Rodrigues

> *Os detalhes, os detalhes são o principal!...*
> Fiódor Dostoiévski, em *Crime e castigo*

– O QUE FOI QUE EU FIZ?

Essa não era a primeira vez que Nik dizia essa frase. Mas talvez fosse a primeira em que ela fazia realmente sentido. E fazia tanto, que ele a repetia como se tivesse o poder de reverter alguma coisa.

– O que foi que eu fiz? O que foi que eu fiz?

As palavras saíam doloridas, meio entrecortadas pelo choro, tomadas pelo arrependimento.

E ele andava a esmo, atordoado e perdido pelo peso do crime que acabara de cometer.

• • •

Na escola, no futebol, Nik nunca perdoara uma falta dos outros.

– Foi mal! Foi mal! – pediu o jogador do time adversário e estendeu a mão para o cumprimento amistoso.

– Foi mal nada! Tá tirando onda com a minha cara? – e um empurrão acompanhava a resposta.

A turma do "deixa disso" logo corria para apartar. Todo mundo sabia que o colega ali era explosivo. E também já aguardava o que aconteceria logo em seguida.

Bufando, na lateral do campo, Nik chutava a bola para o reinício da partida. E, na primeira oportunidade, ele dava o troco. Com juros e correção monetária.

Uma vez, foi um carrinho que quase partiu a canela do adversário. O meião branco ficou vermelho. A mesma cor do cartão recebido pelo jogador, além da suspensão da escola por uma semana.

Alguns até achavam que depois dessa ele tomaria jeito. Mas descobriram que estavam errados quando ele retomou as partidas e retornou aos cartões. Estes, raramente amarelos.

• • •

Na lanchonete, Denise, a namorada. Na realidade, eles já se separaram, ou melhor, ela se separou dele, horas antes, naquele fatídico dia, e não neste dia da lanchonete.

Recomeçando...

Denise, volta e meia, ficava constrangida e pálida de medo com as reações de Nik.

A simples troca de um pedido era motivo para uma explosão.

– Você é surdo? – ele indagou ao atendente. – Não pedi esse sanduíche nem esse suco.

– Calma, amor – pediu Denise. – O atendente vai trocar.

– Ele já trocou. E trocou pelo errado! Quer saber? Cancela o pedido que eu não quero comer mais nada daqui.

– Se-se pu-puder esperar um pouco – gaguejou o atendente, tentando resolver. – A gente traz o outro.

– Não! Não quero mais comer nesta porcaria! Denise, pede pra colocar o seu pra viagem que a gente vai embora.

Sem palavras, ela concordava. Aliás, aceitava somente para não brigar. Depois, discutia com o namorado. Dava bronca. Que ele fingia ouvir e aceitar. Falava também que nunca mais aquilo iria se repetir. Contudo, era só da boca pra fora. Na semana seguinte, ou até na mesma, eis que surgia um novo estresse.

Até o dia em que Denise não aguentou e terminou tudo. Que Nik fosse embora, da casa dela e, principalmente, da vida dela.

● ● ●

Ao longe, uma sirene. Seria uma ambulância? Ou a polícia? Ou as duas juntas?

– Eu matei? Eu matei? – Nik se perguntava sem acreditar.

O fardo sobre seus ombros ficava cada vez mais pesado.

Outras vozes sobressaíam. Perguntas pra lá e pra cá. Acusações. Ameaças.

— Não! Não! Eu não queria fazer isso!

Talvez Nik quisesse ajuda.

Mas, naquela hora, ele era quem menos precisava de assistência ali.

• • •

Antes, nem um dia de amigos e praia nem o sol e o mar juntos aplacavam os ímpetos de Nik.

— Droga! Não tem canto pra estacionar!

— Eu avisei que a gente tinha que sair cedo — disse Denise.

— E eu lá ia madrugar?

— Relaxa! Hoje é feriado!

— Leo, vê se não enche! Praia em dia de feriado não presta!

— Olha, ali tem um canto pra estacionar — indicou Aninha.

— Muito longe! Também, que invenção de vocês. Acho praia um saco!

— Para de reclamar! — pediu Denise. — Saímos depois das dez e foi você quem atrasou.

Minutos depois, sob um guarda-sol, pediram água de coco, caldinho de camarão e mais alguns petiscos. Demorou, mas chegou. Quer dizer, só a água de coco. O resto do pedido, não.

– Vamos embora agora!

– Calma, amor! – pediu Denise pela enésima vez.

– A gente não pode ir sem pagar – argumentou Aninha.

– Deixem de ser besta! Vou pagar coisa nenhuma!

– Você tá louco?

– Leo, atendimento ruim a gente paga assim.

Nik, então, jogou a camiseta no ombro, pegou a chave do carro e saiu.

– Nik! – chamou Denise.

– Se você não vai pagar, eu vou!

– Faz o que você quiser, Leo! Tô indo pro carro.

– Se eu tivesse um, deixava você voltar sozinho pra parar de ser ignorante.

– Mas nem moto você tem, né?

• • •

No dia das eleições, em outubro passado, Nik discutiu pesado com Diogo, irmão de Denise.

– Burro! Burro! – gritou Nik.

– Peraí! – fez Diogo. – É sério que você tá me chamando de burro?

– Se você não for burro, vai entender que sim, né?

– Nik! O que é isso? Ele é meu irmão – tentou intervir Denise.

— Mas ele não sabe votar! Você ouviu os argumentinhos dele?

— Cara, só porque eu discordo de você, não sei votar? Até parece que conhece esse seu candidato como ninguém!

— Não preciso saber de tudo se o pouco que já sei é o suficiente.

— É sério isso? E depois vem falar dos meus argumentos? Não vou perder meu tempo discutindo com você.

— Tá vendo, Denise? Ficou sem palavras. Viu que eu tenho razão.

— Amor, para! Que chato! Você vota em quem quiser! E respeite o voto dos outros!

— Voto jogado no lixo, né?

Se Denise não tivesse se colocado no meio dos dois e afastado o namorado para a varanda, provavelmente Nik e Diogo teriam trocados socos ali mesmo.

Poucos segundos depois, uma moto roncou, deixando a garagem. Diogo foi embora para não olhar mais na cara do cunhado.

• • •

— Não deixem ele fugir! – alguém gritou.

E Nik correu da cena do crime. Mas ela nunca mais sairia da cabeça dele.

· · ·

Às vezes, parecia que Nik tomaria jeito, que tinha mudado. Tinha gente mesmo que se iludia com essa possibilidade. Outras não, como Vô Cláudio, que sempre ficava com o pé atrás.

– Vô, Nik chegou!

– E aí, seu Cláudio? Boa tarde!

– Opa! Boa tarde! – cumprimentava o outro, parando de polir a moto.

– Cuidando da máquina, hein? – brincava Nik.

– Tenho que cuidar – ele respondia sempre com ar desconfiado. – É o meu xodó.

– Bem que o senhor poderia liberar o seu xodó aí pro meu amigo Leo aqui dar umas voltas.

– É, vô... Já tô na idade de aprender.

– Quando Leozinho completar 18, ele ganha a dele. Mas essa é só minha.

– Meu avô fala como se tivesse ciúme da moto. Quem escuta nem imagina que ele troca esse amor todo a cada dois anos.

– Certo ele! Moto velha é pros fracos! – comentava Nik, rindo. – Agora, que dava pro senhor deixar Leo aprender, dava, né? De capacete, ninguém vai saber se é o senhor ou ele que tá pilotando. Os dois são do mesmo tamanho.

– Com 18 ele vai aprender.

– Besteira!

– O certo é certo, o errado é errado.

– Todo mundo faz isso!

– O errado continua errado mesmo todo mundo fazendo.

– Você não vai convencer o cabeça-dura do meu avô, Nik! Simbora! Senão a gente chega atrasado na festa.

. . .

Festa era outra coisa complicada no currículo de Nik.

Naquela mesmo, tudo parecia perfeito. Quatro amigos, dois casais. E pense num *show* maneiro!

Entretanto, quase que acabava mais cedo. Nik cismou que um carinha, um pouco mais afastado na pista, estava olhando direto para Denise.

– Ele é cego ou o quê? Não tá vendo que você tá comigo?

Denise tentava acalmar os ânimos:

– Não vai brigar e estragar tudo logo hoje. Deixa ele pra lá!

– Ele que quer brigar. Fica secando minha namorada. Vou lá resolver isso.

– Acho melhor a gente ir pra outro lugar – sugeriu Aninha.

– Por favor, Nik! Para! Pelas meninas!

– E sair de fininho como se fosse um covarde, Leo? Até parece que você não me conhece!

Talvez notando que o clima estava ficando pesado, o tal carinha do outro lado da pista se esgueirou por entre a multidão e sumiu.

Quase todos respiraram aliviados. Menos Nik, que gritou:

– Covarde!

Ainda bem que naquela hora a bateria e a guitarra da banda abafaram o grito de convite à guerra.

Por precaução, Denise arrastou todo mundo para outro lugar na pista.

• • •

Nik correu até a casa de Denise.

– Denise! Denise! Denise!

Depois, desabou de joelhos no chão. Em meio ao pranto, lembrou-se de que ela nunca mais abriria a porta para ele.

• • •

– Diogo, sua irmã tá aí? – perguntou Nik assim que o rapaz de jaqueta abriu a porta. – Ela não me atende... Denise?!

O rapaz de jaqueta não era Diogo, era Denise. Ela sorriu e coçou os cabelos, agora curtos.

– Surpresa!

– O que foi que você fez?

– Queria mudar um pouco o visual. Cortei e doei. Mas acho que radicalizei um pouquinho...

– Por que você foi fazer uma coisa dessas? Você pirou? Você tá...

– A cara do meu irmão – riu Denise. – Eu sei. Por isso peguei a jaqueta pra tirar onda. Mas cabelo cresce logo. Pelo menos, vou economizar xampu... Que cara é essa, amor?

– Você só quer fazer as coisas do seu jeito! O que vem na sua cabeça você pega e faz! Nem perguntou se eu queria que cortasse o cabelo!

– Como assim? O cabelo é meu! Não tô acreditando que tô ouvindo isso!

E, como já se pode concluir, o cabelo virou motivo de mais uma briga.

– Quando você tá assim, tenho vontade de pegar a moto do meu irmão e sair pelo mundo! – ela confessou.

. . .

Mas sempre Denise tinha de pensar duas vezes antes de agir. O namorado-bomba poderia explodir a qualquer momento. Até o dia em que ela não aguentou mais e terminou.

– Não dá mais, Nik! Entenda, por favor!

– É outro cara, né? Você tá a fim de outro cara, né?

– Não tem ninguém!

– Você tá mentindo!

– Nik, se você não acredita mais em mim, não tem razão de a gente continuar!

– Não exagera!

– Exagerar? – repetiu a namorada incrédula.
– Você acha que tudo que falo é mentira! Tô cansada disso!

– Desculpa! Desculpa! Desculpa! Eu acredito...

– Para! Você é quem tá mentindo! Já falou isso uma centena de vezes. E não tenta me beijar! Não quero mais. Acabou! Chega! Eu não vou voltar atrás!

– Você vai se arrepender de acabar comigo!

– Amadurece, Nik! As coisas não são só do seu jeito!

– Sua imbecil! – E ele entrou no carro, bateu a porta e saiu cantando os pneus.

Denise ficou se perguntando se não seria melhor ir atrás dele.

● ● ●

E foi depois disso que tudo aconteceu.

A moto se aproximou reduzindo a velocidade, pois o sinal amarelara. E foi só parar para a porta do carro abrir e a fúria de Nik surgir.

– Seu idiota! Você bateu no meu carro!

Primeiro, veio o empurrão. Depois, no chão, os chutes doeram como golpes de machado.

Nik se afastou um pouco, tomando fôlego.

Mas o terror ainda não acabara. Mais um golpe, dessa vez no peito. O capacete voou e o corpo também, este atingido por um carro inocente que tentou desviar da briga.

E a curiosidade foi a revelação.

Nik descobriu quem fora o alvo da sua fúria.

• • •

Ataque de fúria.

É o que dizem. É o diagnóstico que deram. E tentam explicar.

Antes de explodir, o vulcão, às vezes, dá sinais, como gases e terremotos. Ou como gritos e brigas do nada, se for um vulcão de sangue e não de lava.

• • •

– Leo!

– O que foi, Denise? Tá tudo bem?

– Não, não! Nik acabou de sair daqui. A gente terminou. E ele tá muito transtornado. Tenho medo de que ele faça alguma coisa.

– Calma, Denise!

– Leo? – chamou Vô Cláudio.

– Já vou! – respondeu e depois disse para Denise: – Vou tentar falar com ele.

– Meu irmão também chegou agora. Vou ver se ele pode fazer algo pra ajudar a gente.

• • •

– Dá pra prestar atenção? Aqui acelera e aqui freia. Quantas vezes vou ter que repetir?

– Calma, Nik – pediu Denise. – Assim você me deixa nervosa.

– Acho melhor devolverem a minha moto – falou Diogo, sentado na calçada. – Isso não vai dar certo.

– Você já emprestou a moto, Diogo. E por uma hora! Nem vem reclamar!

– É isso aí, Leo! – disse Nik. – Ele topou e hoje eu sou o professor. Aliás, o melhor professor que vocês poderiam ter.

– Bruto desse jeito? – destacou Diogo. – Pra ensinar é preciso paciência e isso você não tem.

– Sem briga hoje, maninho. Por favor!

– Me deixa mostrar de novo como é que se faz – e fez mais uma demonstração, ligando a moto e dando uma volta.

– Me deixa tentar agora – pediu Aninha.

– Agora é a minha vez! – eu disse.

. . .

Se Nik tivesse usado a razão e parado para conferir o carro, ele teria visto que não tinha arranhão nenhum na pintura. Fora apenas impressão. Só isso. Mas, por causa disso, tudo aconteceu.

E se ele tivesse olhado a realidade, esperado o rosto por trás do capacete, ou pelo menos imaginado que aquele motoqueiro poderia ser alguém familiar como...

O avô do melhor amigo.

O irmão da namorada.

O melhor amigo.

A namorada do melhor amigo.

E até mesmo a própria namorada.

Talvez as coisas tivessem sido diferentes.

Não foram.

• • •

Ainda chorando em frente à casa de Denise, alguém tocou no seu ombro.

– Eu matei! Eu matei! – disse Nik.

– Quem?!

• • •

Dentro da ambulância, deitada na maca, consciente, ouvindo a sirene, sentindo as freadas, apertando os dentes, estava a incredulidade de quem não se esquecia da imagem perturbadora do seu algoz.

– O que foi que eu fiz?

Ou melhor:

– O que foi que eu não fiz?

Não queria isentar Nik da culpa. Mas ele deu sinais, deixou pistas, como muitos criminosos fazem. O pior é que elas foram vistas por todos. E ignoradas igualmente.

Mas é possível perdoar o vulcão que destrói a sua casa ou até mesmo a sua vida?

∴

– Quem, Nik? Quem?!
O choro engoliu as palavras.
– Fala!

∴

– Anda! – comandou a delegada Verônica.

Na frente da delegacia, dezenas de pessoas gritavam por Nik, que, depois de confessar tudo, fugiu quando escutou as sirenes da polícia. E sumiu por dois dias até se entregar. A culpa já como punição.

Toda a cidade e todos os telejornais estavam acompanhando o caso e, naquela tarde, transmitiam ao vivo a transferência do jovem foragido. Nik gritava para todos:

– Me perdoa, Denise! Me perdoa, Aninha!

– Não adianta pedir perdão pra mim! – vociferou a ex-namorada ao lado da amiga.

– Monstro! Monstro! – Aninha gritava em coro com as pessoas ao redor.

– Eu não fiz por querer! Eu não fiz por querer!

– Melhor você calar a boca e esperar o advogado – aconselhou a delegada Verônica rispidamente enquanto conduzia Nik para o interior da delegacia.

Denise, Aninha e a delegada Verônica. Três mulheres.

Ou as três Fúrias da mitologia grega, que não deixavam impunes os recém-chegados ao Hades.

Os criminosos eram condenados a penas eternas. Na Terra, talvez chamassem isso de consciência, memória e justiça.

Denise, Aninha e a delegada Verônica. Três mulheres que não se esqueceriam do que Nik fizera e lutariam na justiça pela sentença adequada.

• • •

Tudo o que contei, vi.

O que não vi, me contaram.

E não morri por muito pouco.

Essa história foi escrita para tentar entender. Porque, como dizem, a ficha ainda não caiu. E já faz tempo que não se usam mais fichas em orelhões.

O que aconteceu com Nik?

Está longe, preso. Deve continuar assim por um bom tempo.

Quanto?

Em breve, o julgamento vai dizer.

Nik só não tem coragem de encarar a consequência da sua fúria.

Pois sou seu crime e castigo. Em carne, osso e cadeira de rodas.

Quem?!

A vítima? Fui eu, Leo. Até então o seu melhor amigo.

UMA IMAGEM, MIL CONFLITOS
Regina Drummond

> *A verdadeira verdade é sempre inverossímil.*
> Fiódor Dostoiévski, em *Os demônios*

FINAL DE ANO. Época agitada, de provas e trabalhos decisivos, todo mundo de cabeça quente e com alguma insegurança quanto ao ano seguinte, festas e confraternizações, tudo misturado.

Sexta-feira. Hora do intervalo numa escola paulistana.

Uma dupla acompanhava com o olhar os professores que iam em grupos, conversando, na direção do restaurante onde pretendiam cantar parabéns e comer o bolo dos aniversariantes do mês. Deixaram seus pertences na "Sala dos Professores", cuja porta tinha sido apenas encostada por Miriam, que lecionava Português, ao mesmo tempo que comentava com Susy, a colega de Inglês:

— Vou deixar meu celular carregando, já que hoje é você quem vai tirar as fotos.

A dupla que as observava tinha trocado um olhar cúmplice. Como o assunto não saía da cabeça deles, não precisaram de uma única palavra para entender que a oportunidade acabara de chegar.

Já estavam de posse da senha: um simples rabisco em forma de S.

Ia ser moleza.

A conversa das duas professoras foi morrendo à medida que elas se afastavam.

– João Paulo fez um belo trabalho! Não sei quem é melhor: o fotógrafo ou a modelo – comentou Suzy.

– Nem me fale nele! Já te contei que terminamos – Miriam fez um gesto com a mão, espantando a personagem intrometida, sem agradecer o cumprimento.

– Ah, briguinha de apaixonados! – debochou a outra.

– Não. Foi sério. E agora estou até preocupada com aquelas fotos. Me arrependi.

• • •

Miriam era uma bela mulher. Sorridente e falante, era amiga de todo mundo e parecia estar sempre feliz. Tinha 20 e poucos anos, estava terminando o mestrado e já conseguira o emprego dos seus sonhos: lecionar Português em uma das melhores escolas da cidade.

Ela costumava ser discreta quanto a sua vida pessoal, mas a verdade é que esta pertencia ao gênero "comum": a professora morava com a família e tinha um bando maravilhoso de amigas barulhentas, com quem compartilhava ideias e sentimentos.

Ela era uma das aniversariantes e ainda se sentia inebriada com as homenagens quando a bomba estourou.

• • •

A inquietação do nono ano não passou despercebida. Mas a cada vez que um adulto se aproximava, o grupinho ao redor dos telefones celulares disfarçava e se desmanchava. Parecia coisa deles, que estavam sempre se divertindo com aquelas bobagens que mandavam o tempo todo uns para os outros.

Dava pra ouvir alguns comentários em frases soltas:

– Não acredito! Ela mandou pra nós?!

– Que metida!

– Vou mandar uma mensagem desaforada pra ela!

– Nossa, que vergonha, todo mundo vendo isso!

– Hum, bonita, ela bem que é!

– Mas tem celulite.

– E quem não tem?

O sinal tocou, marcando o fim do intervalo, mas eles não paravam de falar e teclar.

A chegada do professor de História acabou com a farra.

– Guardem seus celulares que a aula vai começar.

Vários estudantes tinham tido tempo de se encantar, horrorizar e compartilhar a bomba. O que, aliás, logo se mostrou desnecessário: todos os alunos e alunas do nono ano receberam a mesma foto da professora Miriam.

• • •

Antes que a modelo da polêmica fotografia tivesse ideia do que havia acontecido, já a internet enlouquecia com as mensagens se cruzando também nos grupos de mães, que expressavam as mais diferentes opiniões.

– É só uma foto *sexy*.

– "Só" uma foto *sexy*? É muito mais do que isso!

– E nossos filhos vendo essa imoralidade!

– Ah, aposto que eles veem coisa muito pior na internet!

– Mas não com a professora de Português como *star*, me poupe!

– Vocês têm certeza de que foi ela quem enviou a foto aos alunos?

– Claro. Saiu do celular dela, eu acho. Ou do *e-mail*.

– É uma vergonha!

– Vamos exigir a sua imediata demissão!

· · ·

A surpresa de Miriam foi imensa quando a diretora mandou chamá-la.

– Querem que eu seja demitida? Sumariamente demitida? Não entendo. Por quê?

Sem uma palavra, a diretora mostrou uma foto.

A professora empalideceu.

Estava sentada, mas precisou se segurar no braço da poltrona. Sua sensação era de que caía em um abismo.

– Como... isso... foi parar no seu... ahn... celular? – gaguejou.

– Você enviou para todos os alunos do nono ano – esclareceu a diretora, pensando: "Como se precisasse ser informada do que faz".

– Eu?

– Como acabei de dizer, você mandou como *e-mail* para todos os seus alunos do nono ano. Aquele mesmo que é usado para a lição de casa e outras informações relevantes. Da escola.

Sem saber o que dizer, a professora apenas gaguejou:

– Mas... eu... não...

Implacável, a diretora continuou:

– Eles compartilharam. E viralizou.

– Eu não mandei isso pra ninguém!

Desesperada, Miriam ainda tentou explicar:

– Meu... namorado fez umas fotos minhas... de brincadeira...

– Bem, eu não chamaria o resultado de "brincadeira". Uma mulher não pode se permitir certos comportamentos, precisa se dar ao respeito – Ela fez uma pausa. – Gosto de você, Miriam. Gosto do seu trabalho com os alunos. Por isso, não sei o que pensar e menos ainda o que fazer. Vou me reunir com o Conselho no final da tarde e...

– Vou ser demitida? Quase na véspera das provas finais? – Miriam levantou a voz, sem querer. Não conseguia acreditar.

Mas terminou num sussurro:

– E como vou fazer pra arrumar outra escola...?

A diretora continuou como se não tivesse sido interrompida:

– E então decidiremos que atitude vamos tomar. Obrigada.

O final da frase foi dito de pé, numa informação clara de que a reunião havia acabado.

Tropeçando nas próprias pernas, Miriam saiu da sala. Atravessou os corredores sentindo olhares de reprovação até das paredes. Nunca soube como conseguiu pegar suas coisas e chegar em casa.

Durante todo o trajeto, seu celular bipava sem parar, avisando as centenas de mensagens que não paravam de chegar. Ela tentou ler algumas, mas era tanta acusação que achou melhor desligá-lo. Como aceitar ser chamada daqueles nomes horríveis, entre eles... "vadia"?

Depois, no quarto, ficou chorando, arrasada, e repetindo para si mesma que não tinha mandado foto pra ninguém, menos ainda uma foto íntima.

Então, uma ideia fez com que ela enfiasse a cabeça debaixo do travesseiro e apertasse as orelhas até doer, como se com isso pudesse espantar o pensamento: "Será que não foi o João Pedro pra se vingar de mim porque terminei com ele...?".

Miriam se sentiu ainda pior. E se perguntava como isso podia ter acontecido, se ele teria coragem de fazer isso com ela, se, se, se...

Sem entender nada, achou que não tinha forças para falar no assunto e preferiu não telefonar para nenhuma amiga. Só conseguiu se soltar um pouco quando a mãe a encontrou enrolada sobre si mesma e perguntou o que havia acontecido.

Miriam contou, repetindo mil vezes:

– Eu não mandei aquela foto pros meus alunos! Jamais faria uma coisa dessas!

Dona Catarina, que nem sabia da existência da tal foto, não disse o que pensava para não piorar as coisas. Apenas tentou consolar a filha:

– Seu celular foi hackeado, com certeza! Nós vamos descobrir quem fez isso, e ele ou ela vai pra cadeia, que hoje isso é sério, é crime!

Miriam soluçou mais alto, sem coragem de externar suas mais tristes dúvidas.

– E meu emprego? – gemeu. – Minha reputação? Sabe o que estão pensando de mim, na escola inteira? As famílias dos alunos estão exigindo a minha demissão! Eu não fiz nada e sou tratada como uma criminosa!

– A verdade vai aparecer, filha! Quem fez isso com você será punido!

– Isso não vai mudar a destruição da minha vida! E minhas classes? Nunca que eu vou conseguir olhar meus alunos de frente outra vez! Quero sumir deste mundo! Vou... Vou... – Ela não sabia como expressar aquela avalanche de sentimentos sufocantes.

Acima de tudo, Miriam se sentia profundamente envergonhada. Ficou se torturando a imaginar a cara dos alunos, os comentários, as risadas. Pior ainda, as críticas das mães! E os pais, então?! Certamente alguns fariam piadinhas machistas... De qualquer maneira, ela já tinha sido condenada. Era uma pária. Desprezada por todos.

– Nunca mais eu saio de casa... – gemeu.

Mesmo assim, as lágrimas acabaram secando. Ela ficou quieta, abraçada à mãe, como quando era uma menina, até adormecer. Sonhou com a diretora, olhar severo, voz acusadora, lendo as mensagens carregadas de preconceito enviadas pelas pessoas. E a cena se repetia como um filme estragado.

● ● ●

Alisson e Francisco, amigos e alunos do nono ano, assistiram aos acontecimentos como se não soubessem de nada, como se não tivessem nada a ver com aquilo, como se nada do que estava acontecendo fizesse parte de suas vidas. Não participaram dos grupos que pareciam saber tudo a respeito e julgavam como deuses implacáveis. Não emitiram nenhuma opinião ou comentário. Limitavam-se a balançar a cabeça e, às vezes, trocar um olhar que ordenava: "Calado!".

Mas Alisson não estava gostando do caminho que a história estava tomando. No sábado à tarde, após horas de muita angústia, ele enviou uma mensagem ao amigo:

"Vamos conversar?"

"Não há nada a dizer", respondeu Francisco.

"Vou ao *shopping*, no domingo, com a minha mãe. Encontro você no lugar de sempre, às 11 horas."

"Não posso. E não quero falar nisso."

"Ok. Como quiser. Mas aí eu vou contar tudo."

"Tá louco? Meu pai vai me matar."

"Então, vamos conversar."

"Tá bom. Te vejo lá."

O *emoji* da carinha furiosa foi deveras expressivo.

• • •

Miriam não teve coragem de ligar para João Pedro. Não poderia acusá-lo sem provas e jogar a ideia pra cima dele iria deixá-lo chateado, com certeza – ou de sobreaviso –, duas coisas que não eram do seu interesse. Além disso, ela não queria nem ouvir a voz do sujeito. Estava magoada. Só de pensar que ele poderia ter feito isso com ela lhe dava náuseas.

Foi ele quem ligou, na manhã de domingo. Vinda sabe-se lá de onde, a bomba tinha pipocado na orelha dele.

– Amor, o que aconteceu? – ele perguntou.

– Não me chame assim. Eu não sou mais o seu amor – ela respondeu, o mais secamente que conseguiu.

– Claro que é. Claro que *ainda* é.

Silêncio.

– Me conte tudo. Em detalhes – ele pediu suavemente.

Ela acabou contando. E chorou de novo, quando pensava não ter mais lágrimas. Repetiu tudo que já havia dito à mãe para ouvir a repetição dos mesmos conselhos.

Ele ainda citou as leis do país, indicou um advogado especializado que era seu amigo, prometeu ajudá-la e disse uma frase muito importante:

– Você não tem de se envergonhar de nada. Quem tem de ficar com vergonha é quem fez isso com você.

• • •

Francisco foi encontrar Alisson no *shopping*, conforme o combinado. Mas estava agressivo, desagradável.

– Eu não vou me ferrar por causa de algo que você fez! – foi logo avisando.

Alisson não podia acreditar no que ouvia.

– Eu fiz? Pera aí! Pelas minhas contas, nós dois fizemos.

– Não. Quem mandou a foto dela pra todo mundo foi você!

– Foi por engano. Quando achei meu nome, mandei logo. Mas, na pressa, selecionei "Alunos" no lugar de "Alisson". Sei que foi besteira, mas não foi por querer.

– Não importa. Foi você.

Alisson ficou mais bravo ainda.

– Agora fui eu, né, seu idiota?! E a ideia de descobrir a senha e fuçar o celular da professora Miriam pra ver se tinha algo sobre a prova, ahn, foi de quem? E quem está precisando de nota? Me diga!

– Você bem que gostou da ideia! – defendeu-se Francisco.

– Olha, não adianta discutir. Nós fizemos a porcaria juntos.

Francisco mudou de atitude de repente.

– Cara, larga de ser trouxa! – A voz melava desprezo. – Não vai acontecer nada. Daqui a pouco, quem vai se lembrar...?

Alisson ficou horrorizado.

– Você não está sabendo? A professora vai ser demitida!

Francisco deu de ombros.

– E daí? Fazer o quê? É apenas uma professora de Português como qualquer outra. Logo, a escola arruma uma nova e ninguém mais vai falar nessa história!

– O quê? – Alisson não queria acreditar no que ouvia.

– É bem assim. Ela vai, outra vem, qual a diferença?

– Tá louco? Você sabe direitinho quem fez isso com ela!

– Sei, sim: você!

– Não. Nós.

E a conversa ficou patinando sem chegar a lugar algum.

● ● ●

A mãe de Alisson terminou as compras e foi se encontrar com o filho. Os garotos se despediram. Francisco ainda lançou ao amigo aquele costumeiro olhar: "Calado!".

Mal sabia Francisco que Alisson já havia tomado uma decisão.

● ● ●

Atormentado pelo remorso, aproveitou o momento a sós com a mãe e, ainda no carro, voltando para casa, contou tudo a ela.

– Foi sem querer, mãe, juro! – afirmou, o rosto molhado pela enxurrada de lágrimas. – Eu só queria mandar a foto pra mim mesmo...

Num primeiro momento, ela ficou furiosa.

– Mas que ideia foi essa sua, imbecil? Tem porcaria no lugar dos miolos? Invadir o celular de uma pessoa é crime! Crime, tá entendendo!?

Tendo os soluços dele como trilha sonora, ela continuou:

– Você tem ideia do que fez? Constrangeu uma pessoa no trabalho, deixou-a envergonhada perante os amigos. Aposto que nunca mais ela vai querer sair de casa, pra não ter de enfrentar o julgamento dos outros. Você destruiu a vida dela! – enfatizou. – Não percebe a seriedade disso tudo?

– Me desculpe, mãe... – foi tudo que Alisson conseguiu sussurrar.

– É só isso que você sabe dizer? Não vai ser assim tão simples, pode apostar! Não é só pedir desculpa. Você tem de assumir o que fez. Cada um dos nossos atos tem consequências. E você vai ter de enfrentar as consequências dos seus atos!

– O que vai acontecer comigo? – perguntou ele, envergonhado.

Ela ignorou a pergunta.

– Por que você fez isso?

– O que eu queria mesmo era achar alguma questão da prova, ou mesmo a prova inteira, num arquivo – ele confessou.

– Mas você nem está precisando de nota pra fazer uma barbaridade dessas!

– Sei lá o que me deu, mãe... – gemeu ele, desconcertado.

– E daí?

– Daí que eu vi a foto...

– E isso quer dizer o que exatamente? Por que mandou aquela maldita foto pra todos os seus colegas?

– É que... eu acho... a... professora Miriam tão... bonita... – gaguejou ele. – Quando vi as... fotos, ai, me deu uma coisa no peito... Quis mandar uma pra mim. Mas, na pressa, mandei pra todo mundo!

Arrasada, Rose, que já tinha parado o carro numa vaga qualquer, desligou o motor e escondeu o rosto entre as mãos sem saber como se comportar. Quando levantou a cabeça, viu o arrependimento sincero nos olhos do garoto e, contra a própria vontade, sentiu que abrandava.

– Que droga! – exclamou.

Então Alisson confessou, numa voz que ora tremia, ora sumia:

– Mãe, acho que... eu... eu estou... meio apaixonado por ela, sabe?

Rose ficou com pena e abraçou o filho. Eles ficaram assim por um momento. Mas logo, mulher prática que era, voltou seu pensamento para a solução do problema. Antes de movimentar o carro novamente, perguntou:

– Quem mais estava com você?

Alisson respirou fundo e soltou o ar junto com a palavra:

– Ninguém.

Ela disse apenas:

– Ahan...

Foi como se tivesse concordado. Mas a lembrança da cara de Francisco, daquele encontro esquisito, do ar ressabiado dos dois, levou-a até a verdade. Suspirou.

– Não vai ser fácil resolver isso... Mas agora vamos pra casa. Quero conversar com seu pai.

Alisson concordou com a cabeça. Não disse nada, porque não havia nada para dizer. Apesar do peso do que fizera, sentiu-se leve.

Aliviado.

. . .

Segunda-feira. Dez horas da manhã. Sentada em frente ao advogado especializado em crimes virtuais, Miriam se sentia confiante, após o sombrio final de semana. Ela acabara contando a todo mundo, familiares e amigos, e todos a tinham apoiado. Era horrível, mas não ia ser o fim do mundo. Nada podia apagar o fato de que ela tivera uma foto íntima vazada. Mas ela não a havia enviado a ninguém. Ia provar sua inocência e castigar os culpados.

Miriam tinha ficado particularmente tocada pelas palavras do pai, quando ele afirmou:

– Você tem o direito de guardar suas fotos, nua ou vestida, no seu celular, aquele que você protegeu com uma senha e comprou com o seu dinheiro!

Assim, foi com a cabeça erguida que ela entrou na sala do dr. Thomas.

Após ouvir atentamente o que a nova cliente lhe contava, ele começou sua explicação:

– A lei dos crimes cibernéticos é igual à dos crimes comuns: calúnia, difamação, injúria, ameaça, falsa identidade. Seu caso se encaixa naquela que ficou conhecida como Lei Carolina Dieckmann: invasão de computadores, roubo de senhas, violação de dados dos usuários, divulgação de informações privadas, *cyberbullying*. A pena é de três meses a um ano de prisão, mais multa. E aumenta se as mensagens, fotos etc. forem divulgadas sem autorização ou vendidas, o que é ainda pior.

– Entendo – disse a professora. – Mas primeiro precisamos descobrir quem fez isso.

– Vamos analisar os fatos – propôs o advogado, voltando-se para a tela do computador.

E começou a anotar os dados que a cliente ia lhe fornecendo, enquanto a soterrava de perguntas:

– Notou alguém agindo de modo diferente com você? Pode ser qualquer pessoa. Você tem motivos pra suspeitar do seu ex-namorado, autor das fotos? Mesmo ele sendo meu amigo, não o excluo dos suspeitos. Pelo que entendi, tudo aconteceu na sexta-feira, no final do intervalo, com um *e-mail* enviado do seu celular. A que horas, exatamente, a primeira mensagem foi registrada? Onde? Sabe quem recebeu? Lembrando como hoje tudo se espalha rapidamente, vamos rememorar: o que você estava fazendo pouco antes do aparecimento da foto?

Uma lembrança se conectou a outra e os elos foram aparecendo.

– Eu estava na escola. Era a festa dos aniversariantes do mês. Meu celular estava carregando... – e ela contou a ele os detalhes.

Ele não conseguiu segurar uma risadinha irônica.

– Aposto meu pescoço, o único que eu tenho, numa, hum... digamos, ideia.

– Como assim?

– Já sei quem foi... ou quase isso.

Ela riu. Parecia simples demais. Mesmo assim, perguntou:

– Mesmo?

– Tudo leva a crer que foi um aluno – declarou ele.

Ela levou a mão à boca para sufocar um gemido: parecia tão óbvio!

– Mas por quê? – perguntou.

– Logo saberemos. Assim que chegarmos ao "quem", o resto vai aparecer sozinho.

• • •

Segunda-feira. Dez horas da manhã. Sentados diante da diretora, uma Rose de olhos vermelhos e seu abatido marido tentavam encontrar palavras para explicar a inexplicável atitude do filho, Alisson.

– Acho melhor chamar os pais de Francisco também – sugeriu a diretora, quando soube que ele poderia ser o cúmplice.

– Não podemos simplesmente acusá-lo – declarou Rose. – E nosso filho se recusa a confessar a participação do colega na trama...

– Um bom papo sempre há de nos levar aos melhores caminhos – a outra respondeu.

• • •

Soraia, a mãe de Francisco, veio sozinha. Quando a situação lhe foi explicada, ela começou a gritar:

– Meu filho fazer uma coisa dessas? Imagine! Vocês vão ter que provar! Ponho a minha mão no fogo por ele!

– Vai queimar... – disse Rose, suavemente.

Foi fulminada por um olhar raivoso e a pergunta:

– Você não faria o mesmo por seu filho?

– Não poria minha mão no fogo por ninguém – declarou Rose. – Quando a gente se vê em apuros, faz coisas que nunca seria capaz numa situação normal. Garotos são impulsivos, não medem as consequências, agem sem pensar. E quer saber de uma coisa? Eu não poria minha mão no fogo nem por mim mesma!

Após muita conversa, Soraia concordou:

– Está bem. Vou conversar com ele.

• • •

Em casa, o diálogo entre os dois já começou bastante aquecido: a mãe arrastou o filho pela orelha até o escritório, lembrando:

– Vai desembuchando logo, senão vou telefonar pro seu pai, e aí é que a coisa vai ficar ruim pro seu lado! Sorte sua que ele está viajando!

• • •

No dia seguinte, uma constrangida diretora precisou apresentar suas mais sinceras desculpas à jovem professora.

Ela teve vontade de rir, mas procurou ficar séria, quando disse:

– Só isso? Bem, é claro que aceito, mas quero também as dos dois alunos – e diante de todas as classes! Assim como eles souberam mandar minha

foto pra todos os colegas, exijo que confessem diante de todos que foram eles que roubaram minha senha, invadiram meu celular e me desmoralizaram diante da escola inteira!

– Bem... Não é tão simples assim, mas... quer dizer... sim, vamos providenciar isso – agora era a diretora quem gaguejava, hesitante.

– A senhora não tem ideia do teor das mensagens que recebi, ao ser julgada e sumariamente condenada pelas redes sociais... – acrescentou a professora.

– Deve ter sido mesmo muito desagradável... Mas a escola gostaria de pedir que você, se fosse possível, deixasse a polícia fora disso.

– Não posso prometer nada – respondeu Miriam. – Já contratei um advogado pra cuidar da reparação moral. Não sei o que vai acontecer, mas de uma coisa eu tenho certeza: o castigo desses alunos deve ser proporcional ao sofrimento que me causaram.

A diretora concordou com a cabeça, mesmo sem entender o que aquilo queria dizer.

Mas Miriam tinha bom coração. E também, acima de tudo, era uma educadora. Abrandou a voz para dizer:

– Sugiro que a escola aproveite o momento pra formar grupos de discussão com os alunos sobre violação de privacidade, machismo, *cyberbullying*... Esta é uma lição da qual todos podem tirar algum proveito.

O NÚMERO 1

Flávia Côrtes

> *Para ser grande, sê inteiro: nada*
> *Teu exagera ou exclui.*
> *Sê todo em cada coisa. Põe quanto és*
> *No mínimo que fazes.*
> *Assim em cada lago a lua toda*
> *Brilha, porque alta vive.*
>
> Fernando Pessoa, em *Odes de Ricardo Reis*

AQUELE ERA O DIA mais importante da minha vida! Depois de uma longa espera, eu ia finalmente conhecer o cara mais fantástico da internet e ainda pegar um autógrafo no livro que ele tinha acabado de lançar. Diego Júnior, criador do canal *Fim do Mundo*, com 50 milhões de inscritos, estava em primeiro lugar no *ranking* de *youtubers* do Brasil. Eu era muito fã dele e o seguia desde o início da carreira. Desde a primeira postagem, ainda sem patrocinador, no quarto mais bagunçado do mundo, com roupas pelo chão formando uma montanha, e já tocando o tema do jogo *The Legend of Zelda*, sua marca registrada. Acho que assisti a cada um de seus vídeos pelo menos umas dez vezes. E foi por causa dele que encomendei a minha ocarina, uma espécie de flauta milenar que faz um som muito mágico, e passei a azucrinar minha mãe todo dia tentando tocar. Eu nunca tive muito jeito para instrumento musical, principalmente os de sopro.

Naquela manhã, enquanto eu tomava café, minha mãe perturbou tanto que acabei me atrasando para sair de casa.

– Matheus! – ela gritou da sala. – Você só vai sair depois de tirar o lixo!

Acabei perdendo o ônibus das 9 horas e o próximo só passou meia hora depois. Meu dia já começava mal e eu nem imaginava o pesadelo que viria a seguir.

O Centro de Convenções, onde estava acontecendo a Bienal do Livro na qual Diego Júnior iria autografar seu livro novo, ficava a duas horas da minha casa e, na metade do caminho, o ônibus quebrou. Demorou muito para passar outro e o primeiro veio lotado, só consegui pegar o segundo. Quando pensei que faltava pouco para chegar, o motorista freou bruscamente. Um carro fechou o ônibus e um grupo de assaltantes o invadiu, rendendo todo mundo e fazendo a limpa nos pertences de todos. Levaram meu celular, a carteira e um trocado que eu levava no bolso da calça. Tentando ser otimista, pensei que ao menos não tinham roubado o livro do Diego Júnior e eu ainda poderia pegar o meu autógrafo.

Assim que os assaltantes foram embora, começou uma confusão dentro do ônibus, com passageiros chorando e discutindo. Uns achavam melhor ficar ali mesmo, esperando parentes e amigos, outros achavam que devíamos ir todos juntos à delegacia prestar queixa do assalto. Venceu a última opção. E foi assim que me vi novamente de pé na calçada. Era melhor ir andando. Eu não podia perder tempo em delegacia, precisava pegar o meu autógrafo.

Comecei com uma caminhada e acelerei para uma corrida até chegar ao pavilhão, todo suado. Perguntei as horas. Uma da tarde. Foram exatamente quatro horas até ali! Mas tudo bem, eu era prevenido e, como queria ficar no início da fila para pegar o autógrafo, tinha me programado para sair bem cedo de casa. Então devia dar tempo ainda. Eu só precisaria esperar um pouco mais.

Quando cheguei ao estande onde estaria Diego Júnior, a fila era tão grande que não dava para ver o final. Peguei um dos últimos lugares, na hora exata em que já fechavam a fila com uma fita. Ele ainda não havia chegado. Ia dar certo. Tinha que dar.

Depois de uma espera torturante de 5 horas, morto de fome, sede e cansaço, sem grana para nada, sem celular, carteira, documento e pensando em como é que eu ia fazer para voltar para casa, finalmente chegou a minha vez.

Eu estava prestes a saudar o cara mais espetacular do planeta e de quebra ganhar um autógrafo, quando ele simplesmente me ignorou, olhou para o relógio, chamou um segurança, cochichou algo e... FOI EMBORA! EM-BO-RA! Os seguranças rapidamente o blindaram e o tiraram dali, sem nem uma desculpa para a grosseria dele.

Eu fiquei sem reação. Uma das organizadoras do evento apareceu toda sem graça e tentou justificar:

– Diego Júnior teve um imprevisto e precisou sair para resolver uma situação particular.

Foi quando eu explodi:

– Que isso, cara? Isso não se faz! E os fãs que vieram de longe? Que estão há horas na fila, sem comer nem beber ou ir ao banheiro? Isso é um absurdo!

Saí de lá revoltado, precisei pedir um celular emprestado para ligar a cobrar para minha mãe ir me buscar. E ela não ficou nem um pouco contente com isso, de ter que dirigir por aquela distância toda. Que decepção! O maior *youtuber* do país... uma fraude, isso é o que ele era.

Se tem uma coisa em que eu sou realmente bom é computação. Posso me considerar um *hacker*, embora não tivesse feito muitas coisas significativas ainda. Eu poderia muito bem usar minhas habilidades para acabar com a fama e a reputação daquele palhaço. Foi o que fiz. E não perdi tempo. Naquele dia mesmo, depois de levar a maior bronca da minha mãe por não ter ido à delegacia prestar queixa e ter perdido tempo naquela "bobagem" de pegar autógrafo de *youtuber* (eu até estava concordando com essa parte, mas não dei o braço a torcer), fui para o meu quarto e liguei o computador. Não foi difícil invadir todas as contas dele, já que ele tinha a mesma senha em todas as redes sociais, o que não era nada inteligente. Foi até mais fácil do que imaginei.

Foi aí que coloquei meu plano em ação. Fiz diversas postagens como se fosse ele, falando de vários assuntos, mas mostrando para todo mundo um Diego Júnior totalmente diferente do que seus mais de 50 milhões de fãs conheciam: machista, homofóbico, racista. O maior preconceituoso de todos os tempos. Se ele realmente era alguma daquelas coisas? Eu não sabia, mas eu estava feliz em ir à forra depois daquela ignorada que levei dele. Claro que depois ele tentou se defender, alegando que era tudo mentira, invenção de um *hacker*, mas o estrago já estava feito.

Assim que as novas (e falsas) postagens do Diego entraram no *Trending Topics* do Twitter e viraram o assunto mais comentado do momento, aproveitei para dar o golpe final. Fiz um canal só meu no YouTube, com meu nome de verdade, Matheus Brito. Fiz minha primeira transmissão, na qual juntei todas as (falsas) provas sobre o mau-caratismo do Diego, com *prints* das minhas próprias postagens e frases antigas dele, totalmente fora de contexto, e chamei de **Diego Júnior: todos os podres revelados**. Foi sucesso absoluto. Em menos de um dia atingi um milhão de visualizações e, em uma semana, eu era o *youtuber* mais comentado do país. A última notícia que vi sobre Diego na internet foi num *vlog* de fofocas que o mostrava arrasado, de chinelos, moletom e descabelado: "Diego Júnior, o digital *influencer* mais famoso do Brasil e um dos maiores do mundo, enfrenta vários processos judiciais, sendo acusado de homofobia e racismo. Enquanto aguarda a decisão do juiz, o jovem *youtuber*, que já vendeu mais de 30 milhões de livros e se preparava para lançar seu primeiro filme, internou-se em uma clínica psiquiátrica, alegando uma crise depressiva devido ao que chamou de 'falsas acusações' contra sua pessoa".

Após meu sucesso repentino, comecei a fazer vídeos engraçados falando dos assuntos mais curtidos do momento nas redes sociais. Com isso, ganhei ainda mais seguidores e não demorou muito para que eu chegasse a número um no *ranking* nacional. Eu já começava a sonhar com meu primeiro livro publicado e minha imensa fila de autógrafos. E pensar que eu nunca tinha sonhado em virar *youtuber*! Alguns fãs de Diego Júnior, que acreditavam em sua inocência, tentaram me derrubar com comentários negativos, mas não conseguiram.

Com o sucesso, vieram a fama, o dinheiro e as garotas, que me perseguiam por toda parte, todas apaixonadas por mim. Mas, naqueles poucos meses de sucesso meteórico, eu só tinha olhos para uma delas: Ana Clara, minha maior fã.

Estávamos em uma *première*, convidados a assistir ao último filme da Marvel. Eu havia acabado de entrar e nem tinha procurado minha cadeira ainda quando ela parou na minha frente. Eu detestava ser perturbado por fãs. É claro que eu gostava da fama, de ser reconhecido em todo lugar que ia, de ser adorado, mas ser interrompido na hora de ver o filme mais esperado da década..., aí não dava. Mas ela era linda demais para eu ficar chateado.

Coincidentemente tínhamos reservado assentos lado a lado. Rimos disso e terminei de fazer o autógrafo dela no momento exato em que as luzes diminuíram e começaram os *trailers*. Dali para começarmos a namorar, não demorou muito. Na verdade, trocamos o primeiro beijo ali mesmo.

Depois disso, minha vida parecia perfeita. Eu conquistei muito mais do que sonhei e ainda encontrei o amor da minha vida. Mas uma sementinha começou a crescer dentro de mim. A do remorso.

Por um bom tempo até esqueci que Diego Júnior havia existido e de tudo o que eu tinha feito para derrubá-lo, mas com o passar dos meses comecei a ver fotos que postavam dele na internet. Estava muito magro. Olhos fundos, com olheiras enormes, cabelo sempre despenteado, malvestido, um horror.

Comecei a me sentir mal, não era legal ver alguém que você tinha idolatrado virar aquele farrapo de gente e ainda mais por sua causa. Pensando bem, ele realmente havia sido grosso comigo, me desrespeitado como fã, mas ele não tinha feito nenhuma daquelas postagens racistas e homofóbicas que eu tinha inventado para ele. E... ele não era nenhuma daquelas coisas.

Eu tentava esquecer isso, porque não sabia como me redimir. Não queria que ninguém descobrisse a verdade, perder todos os fãs que eu tinha conquistado com minhas próprias habilidades. Eu não queria passar pelo mesmo que tinha feito o Diego Júnior passar. Mas estava cada vez mais difícil botar a cabeça no travesseiro à noite e dormir bem.

Outra coisa começou a me incomodar muito: uma *youtuber* misteriosa, dona da página *Sou Frida, e não me Kahlo*, que fazia postagens sem mostrar o rosto e sem revelar o verdadeiro nome, usando uma máscara da pintora mexicana Frida Kahlo. Ela fazia postagens bombásticas, com denúncias e grandes revelações. Até que o canal era bem legal, mas o que me preocupava mesmo é que os números dela começavam a se aproximar dos meus. Ela estava em segundo no *ranking* nacional e eu não queria perder o meu lugar. Foi aí que comecei a pensar em um modo de derrubar a Frida.

Por mais que eu tentasse, não estava sendo fácil invadir as páginas da Frida. Parecia até que a garota era *hacker* como eu. Eu ainda estava tentando bolar um plano perfeito para acabar com a reputação dela, quando algo inesperado aconteceu. Recebi a postagem no mesmo instante em que Ana Clara me ligava.

– Acabei de te enviar o vídeo que a Frida Kahlo postou – e mudando o tom de voz, continuou: – Fica calmo, estou indo praí.

Em um vídeo absurdamente longo, de 25 minutos (e com surpreendentes 2 milhões de visualizações), Frida provava toda a minha trama para derrubar Diego Júnior. Caí sentado na beira da cama, sem conseguir sentir as pernas, com o estômago totalmente embrulhado. Só não tirei os olhos do vídeo que ainda estava passando. E as notificações das minhas redes sociais já pipocavam!

Não sei explicar como ela fez aquilo, ela devia ser uma *hacker* muito melhor do que eu. Não tinha adiantado nada todo o trabalho que tive para mascarar minha localização ao criar as falsas postagens de Diego, usando servidores asiáticos e fazendo um malabarismo entre internet e *deep web* para que nunca me descobrissem. Uma garota qualquer havia conseguido me destruir em um mísero vídeo. Como aqueles 25 minutos pareciam curtos agora!

Menos de uma hora depois, a frente da minha casa já estava cheia de gente gritando e esmurrando o portão. Os cachorros da rua latiam uma sinfonia que se misturava aos protestos de: "Falso!", "Traidor!", "Mentiroso!" e outras palavras nada lisonjeiras que nem gosto de lembrar.

Andei de um lado para o outro com a mão na cabeça, sem saber como resolver aquela situação. Eu precisava da minha namorada e onde ela estava que demorava tanto a chegar? Tentei ligar para Ana Clara, mas o celular dela estava fora do ar. Enviei uma mensagem e nada de ela visualizar. Minha mãe entrou no quarto feito uma louca. Eu só notava a boca se mexendo, mas não entendia o que ela falava. A multidão parecia já estar na minha janela de tão alto que gritava. Minha mãe falou mais alto:

– O que é isso, filho? Por que esse monte de gente está te xingando assim?

– Não sei, mãe. Não sei – respondi, sem paciência.

Estava ansioso demais para explicar alguma coisa. Eu só queria um abraço da Ana Clara, que quando chegasse me diria que estava tudo bem, que as coisas iam se resolver.

Minha mãe saiu do quarto chorando e eu corri de volta para o computador. Abri minha página do YouTube e descobri que o que estava ruim podia, sim, piorar. Meus seguidores diminuíam de forma rápida e constante.

Eu já estava quase enlouquecendo quando Ana Clara entrou de supetão.

– Você está bem?

Ela me fez sentar na beira da cama e puxou a cadeira giratória da minha bancada, onde se sentou.

– Fala como você está se sentindo – ela disse numa voz suave, reconfortante.

– Estou arrasado! É tudo mentira, amor! Você precisa acreditar em mim. Essa garota só quer tomar o meu lugar e ficar famosa às minhas custas.

– Quer dizer que você não fez nada daquilo que ela está dizendo? Que não criou falsas histórias sobre o Diego Júnior, fazendo postagens horríveis em nome dele e destruindo vidas? – o tom de voz mudou no final, soava amargo. – Você tem que ser honesto comigo.

– É tudo verdade! – confessei, não aguentando mais.

Contei a ela a experiência horrível que eu tinha tido naquele dia em que tentava pegar o autógrafo e conhecer o meu ídolo, e como tinha feito para invadir as contas de Diego. Quando acabei de contar tudo, sem esconder as lágrimas, sentindo que elas lavavam um pouco a minha alma, a minha culpa, ela segurou meu rosto e eu esperei por um beijo que não veio.

– Matheus, você sabe que o que fez é errado. Eu sei. Posso ver nos seus olhos.

– Sim, meu amor, eu estou muiiiiiito arrependido. Eu juro!

– Não precisa jurar, eu sei. O que você não sabe é de uma coisa.

– O quê?

Eu esperava qualquer resposta, menos aquilo. Ana Clara tirou um objeto maleável da mochila e o desdobrou. Meu coração parou de bater por um momento. Um nó gigantesco se formou na minha garganta. Ela colocou a máscara de Frida Kahlo no rosto e falou:

– Sua hora chegou, Matheus Brito. Eu *Sou Frida, e não me Kahlo*. Ou melhor, sou Ana Clara Rinaldi, criadora do canal que te desmascarou. E irmã de Diego Júnior. Isso mesmo, irmã!

Ela continuou explicando que tinha sido por causa dela que Diego havia me deixado no vácuo e saíra correndo, sem me dar autógrafo naquele dia. Ele foi para o hospital porque ela precisou ser operada às pressas. Cirurgia de apêndice. Ele e a irmã eram muito unidos.

Ela então se levantou, foi até a porta do quarto e tirou a máscara. Ainda me olhou com ar de vitoriosa antes de bater a porta ao sair.

A AMIGA PERFEITA

Luis Eduardo Matta

A vista dos bens alheios cresce o

sentimento dos males próprios.

Padre Antônio Vieira, em *Sermões (63)*

EXAUSTA, LARISSA CONTEMPLOU seu quarto pela última vez. Mais da metade das suas roupas no armário, os móveis, a estante com livros e objetos reunidos ao longo dos seus 16 anos de vida... Havia em cada um deles lembranças de momentos importantes que, agora, lhe vinham dolorosamente à cabeça como relíquias de uma época querida, condenada a ficar para sempre no passado: alguns dos seus aniversários, uma excursão do colégio, o antigo abajur de bronze com cúpula em opalina que herdou da sua avó, a caixinha de música dada pelo seu único namorado, com quem ficou poucas semanas, apenas o tempo de descobrirem que não tinham nada a ver um com o outro... Era muito triste abandonar tudo aquilo. Aliás, era terrível ter de abandonar quase todas as suas coisas. Ainda mais daquela maneira repentina.

O pai, no entanto, fora claro. Só poderiam levar duas malas cada um para não atrair a atenção e, principalmente, para facilitar o deslocamento, que prometia ser longo e tortuoso. Não sabiam quais carros precisariam tomar no caminho e talvez nem todos tivessem bagageiros espaçosos. Além do mais, duas malas era o máximo que seus dois braços poderiam transportar. Então, ela fez o impossível para enfiar nelas tudo o que pôde. Priorizou o que seria indispensável e entupiu-as até o limite. O restante permaneceria no apartamento, que seria trancado até o dia em que a poeira baixasse e ela pudesse retornar. Se é que esse dia chegaria.

Passava um pouco da uma da manhã. Do lado de fora, a rua estava silenciosa. Larissa jurava ter escutado o piar de um pássaro próximo ao parapeito da janela. Um som de calma e normalidade que não combinava em nada com a tensão daqueles dias.

A porta do quarto se abriu, revelando a figura sóbria do pai. Ele vestia *jeans*, camisa polo e jaqueta, uma roupa confortável e discreta, ideal para a jornada que estava por vir. E embora aparentasse calma, Larissa tinha certeza de que estava tão ou mais apavorado do que ela.

– Vamos? – perguntou ele. E, após um suspiro de derrota e medo, Larissa se levantou, lembrando-se de que uma pessoa provavelmente já tinha morrido e que ela seria a próxima se não se apressasse.

• • •

Autoestima nunca fora o forte de Larissa. Desde criança, quando assistia a desenhos de contos de fadas mostrando princesas casando com príncipes e indo viver em castelos deslumbrantes, ela sonhava em ser rica e paparicada. Sua vida de classe média, no entanto, nunca correspondeu a essas expectativas e, por causa disso, Larissa cresceu acompanhada de um permanente sentimento de fracasso. Mas ela disfarçava isso, evitando transparecer os sentimentos e a própria intimidade, calculando o que poderia ser mostrado aos outros e o que era melhor manter nas sombras. Ciente, desde cedo, de que a escola era um ambiente tenso e que, a qualquer momento, ante o mínimo descuido, qualquer pessoa ali dentro poderia se tornar alvo de chacota ou hostilidade dos colegas, ela enxergava a sua postura como uma estratégia de sobrevivência, pois tinha pavor de ser humilhada ou posta à parte. O objetivo de Larissa era ser vista como uma garota segura, bem-sucedida, rica, feliz e resolvida amorosamente. Tudo o que ela não era.

Tanto autocontrole cobrou seu preço. Por se manter excessivamente atenta à própria vida e preocupada em transmitir aos outros uma imagem irreal de si, Larissa acabou erguendo uma muralha ao seu redor, encastelando-se numa redoma de orgulho e egocentrismo. Considerava-se mais virtuosa do que era de fato e por vezes julgava silenciosamente o comportamento de muitos dos seus colegas, sem se dar conta de que estava, na verdade, julgando a si mesma e, com isso, acabava se isolando ainda mais.

No início do 2º ano do Ensino Médio, porém, isso mudou. Os colegas eram praticamente os mesmos do ano anterior, mas entre os rostos novos havia uma jovem muito bonita que, por total acaso, sentou-se ao lado de Larissa já no primeiro dia. Enquanto aguardavam a primeira aula, as duas entabularam uma conversa cordial. Larissa descobriu que a garota se chamava Betina e havia chegado recentemente de um ano fora do Brasil com os pais.

Larissa simpatizou com ela e ficou sinceramente feliz e envaidecida por ter sido, entre tanta gente, a escolhida para ser sua nova melhor amiga. Além de bonita, Betina era inteligente, simpática, muito educada e vestia-se bem. Pelos seus modos e aparência, era evidente que sua família tinha um bom nível social e econômico. Aos poucos, aquela nova amizade foi amolecendo o bloqueio que Larissa erguera em torno de si e permitindo que ela, pela primeira vez na vida, agisse com naturalidade diante de alguém, sem tentar ser o que não era. Betina passou a ser quase como a irmã que ela nunca teve. Larissa gostava de conversar com ela e sentia que, para Betina, seria capaz de fazer confidências que nunca tivera coragem de fazer para mais ninguém.

Esse sentimento fraterno de amizade com o tempo foi se transformando em admiração. Admiração pela vida que Betina levava, pelos seus bons modos, pela família elegante e carinhosa dela, pelas muitas viagens que fizera pelo mundo, pelo *closet* cheio de roupas lindas na ampla suíte que ela ocupava num duplex maravilhoso de frente para o mar, pelos milhares de seguidores de seus perfis nas redes sociais... A comparação com sua própria vida, acanhada, vazia e solitária, acabou se tornando inevitável. A admiração por Betina, pouco a pouco, foi se transformando numa obsessão. Quando não estavam juntas, Larissa passava horas fuçando as redes sociais da amiga, vendo suas fotos e vídeos, lendo os comentários sempre elogiosos e fofos que transbordavam após cada postagem... Era aquela vida dourada, a vida de Betina, que Larissa sempre desejou para si. Era como se Betina ocupasse um lugar que era seu por direito.

E, então, numa tarde de sábado, veio o golpe fatal. Larissa estava sozinha em casa, navegando pela internet, quando, ao acessar uma rede social, encontrou uma foto de Betina abraçada com um rapaz lindo, aparentemente mais alto do que ela, moreno, olhos verdes e um sorriso arrasador. Seu nome: Juliano. A legenda logo abaixo, seguida de uma fileira de coraçõezinhos, não deixava dúvida: os dois estavam namorando havia um mês. Pior do que descobrir aquilo era se dar conta de que Betina não lhe contara nada sobre o namoro, ou seja, ela não considerava Larissa sua amiga de verdade. Afinal, amigas faziam confidências uma à outra. Naquele momento, Larissa se recriminou por ter acreditado que alguém poderia querer sua amizade. E viu a obsessão pela vida de Betina se transformar em ódio.

— Então é assim, né? — murmurou Larissa no silêncio solitário do seu quarto. Teve vontade de chorar, mas o orgulho falou mais alto e a garota rapidamente se recompôs, erguendo a cabeça e respirando fundo, antes de acrescentar com a voz gélida de ódio: — Eu não vou mais deixar ninguém me esnobar assim. Nossa amizade acaba aqui, Betina!

Ela não curtiu nem comentou a foto. Era como se nunca a tivesse visto. Dali em diante suas visitas aos perfis de Betina seriam sempre silenciosas.

• • •

A semana seguinte transcorreu normalmente. Enfiando-se de novo em sua antiga armadura defensiva, Larissa tratou Betina com cordialidade, como se nada tivesse acontecido. Betina, por sua vez, não fez nenhuma menção à existência do namorado, e Larissa também não tocou no assunto. Betina, contudo, estava diferente. Será que tinha percebido o ressentimento de Larissa? Ou Larissa é que teria mudado desde aquele fim de semana e Betina notara e decidira se afastar? Larissa ficou intrigada. Quando perguntava a Betina se estava tudo bem, ela abria seu melhor sorriso e dizia que sim, que estava tudo ótimo. Havia até dias em que ela parecia voltar a ser a Betina de antes e Larissa quase se esquecia da existência do namorado oculto. Mas o garoto continuava lá, enfeitando cada vez mais as redes sociais da amiga, num sinal de que o relacionamento dos dois estava evoluindo. E Betina seguia sem dividir nada com Larissa. Era como se Juliano não existisse, como se aqueles perfis nas redes sociais não fossem dela... Ou, pior: como se Betina tivesse forjado aquelas fotos só para infernizar a vida de Larissa, para mostrar a ela como sua existência era miserável, como ela era insignificante e ridícula, como jamais atingiria a riqueza e o *glamour* que almejara para si durante toda a vida.

Larissa seguia seu dia a dia sem graça, revezando-se entre os estudos e a internet quando, num cair de tarde de sexta-feira, teve uma surpresa. Ela havia acabado de sair do curso de Inglês e caminhava sozinha por uma rua residencial sossegada em direção ao ponto de ônibus. Ao olhar casualmente para o lado, reparou num casal sentado num banco do jardim que precedia um edifício elegante numa esquina. Os dois conversavam com os rostos muito próximos e se tocavam carinhosamente.

Larissa aproximou-se, aproveitando a cobertura de uma banca de jornais desativada, a fim de ter certeza. Sim, a moça era Betina, que, naquele momento, inclinava-se para beijar apaixonadamente o rapaz, um jovem de cabelos castanhos e barba por fazer, ainda mais bonito do que Juliano. Larissa não conseguia acreditar no que via. Não era possível que Betina já tivesse terminado com Juliano, pois hoje mesmo, antes de sair para o inglês, Larissa vira fotos recém-postadas dos dois num dos perfis dela.

Sem pensar uma segunda vez, Larissa apontou seu celular para eles e tirou uma sequência de fotos, tomando o cuidado de registrar tanto os beijos e carinhos quanto os rostos deles com nitidez para não deixar dúvidas sobre quem eram. Depois, certa de que sua presença não fora percebida, Larissa afastou-se, mantendo-se fora do campo de visão deles. Ao tomar o ônibus para casa, ela já sabia que destino daria àquelas fotos. E sorriu ao antecipar o tombo que Betina levaria. Reconhecia que não era uma atitude lá muito digna, mas Betina merecia. Ninguém podia ter tudo e, pior do que isso, exibir esse tudo num mundo em que a imensa maioria tinha nada ou quase nada. Ela precisava ser punida e, assim, experimentar um pouco da humilhação pela qual os outros passavam cotidianamente.

Pelo celular, Larissa entrou numa das redes sociais e criou um perfil *fake*. Batizou-o com o primeiro nome que lhe veio à cabeça e colocou como foto do perfil o retrato de uma bonita atriz de televisão que pescou aleatoriamente num *site* de buscas. Em seguida, acessou o perfil de Betina e clicou numa das fotos em que ela aparecia com Juliano. O perfil dele estava marcado na foto, de forma que Larissa logo o localizou. Ela, então, conectou-se ao perfil *fake*, selecionou algumas das fotos comprometedoras que havia acabado de tirar e mandou-as para Juliano em mensagem privada, acompanhadas de um texto curto:

Veja só o que sua namorada anda fazendo quando vocês não estão juntos. Pior do que as imagens, foi ter escutado o que os dois falavam sobre você. Está vendo como eles riem? Tire suas conclusões. Assinado: alguém que te respeita e quer bem.

E clicou no botão de enviar.

Quando Larissa desceu do ônibus, sentia-se com a alma lavada. Mal sabia ela que essa sensação duraria pouco e que seu pesadelo logo teria início.

● ● ●

Na segunda-feira, quando chegava à escola, Larissa encontrou Betina abatida. A tristeza dela era tão evidente que Larissa sentiu-se autorizada a perguntar:

– Está tudo bem? Algum problema?

Betina respondeu, controlando-se para não chorar:

– Meu namorado. Eu não te contei que estava namorando, não é?

Larissa fez que não. Quando voltou a falar, as palavras começaram a sair descontroladas da boca de Betina, num desabafo sofrido:

– Não te falei porque eu não tinha certeza se a gente ia ficar junto por muito tempo. A gente estava se conhecendo ainda, mas aconteceu que, logo depois que começamos a sair, conheci outro cara, um italiano lindo, maravilhoso. Sabe quando você bate o olho num cara e diz: "É ele!"? Foi o que aconteceu quando eu vi o Marco. Acho que ele sentiu a mesma coisa por mim. Não deu para controlar. Essas coisas a gente não controla... Eu ia falar para o Juliano... Juliano é o nome do meu namorado. Pois é, eu ia contar a ele, terminar tudo, mas estava sem coragem, pois ele é um cara bem legal. Não merecia passar por isso. Eu não sabia como falar para ele. Mas aí na sexta alguém mandou para ele umas fotos minhas e do Marco, e ele foi até a minha casa, possesso. Me falou coisas horríveis. Me fez me sentir a pior pessoa do mundo e foi embora sem que eu tivesse a chance de pedir desculpas. Não queria que terminasse desse jeito. Para complicar, ele pegou aquelas fotos e colocou na internet. Me marcou e começou a mandar para todos os meus contatos me chamando de garota rodada, que sai com todo mundo. No fim de semana, as fotos viralizaram. A *hashtag* #garotarodada está no topo das mais compartilhadas em toda a internet. E minhas fotos com o Marco aparecem em todas. Estou perdendo seguidores e gente que eu nem conheço está me detonando para o mundo inteiro... Sem falar nas centenas de recadinhos de homens, com gracinhas e convites para sair, que comecei a receber.

Nisso, Betina, a garota perfeita que tinha tudo, abraçou-se a Larissa e começou a chorar como uma criança. Sorte que estavam a alguma distância da entrada da escola e não havia ninguém conhecido por perto, mas é claro que os colegas não perdoariam Betina e fariam questão, da pior forma, de lhe apontar acusadoramente o dedo e lembrá-la todos os dias daquele episódio (como se todos fossem um bando de santos, sem nenhum podre na vida). Larissa sentiu uma onda amarga de culpa queimar no meio do seu peito. Arrependeu-se na mesma hora do que fizera. Teve vontade de confessar que fora ela a causadora de tudo, mas de que isso adiantaria?

Betina, no entanto, logo descobriria. Betina e todo o país. O nome completo de seu amor italiano era Marco Modafferi. Marco vinha a ser o filho único de Don Constantino Modafferi, chefe da máfia calabresa no Brasil e responsável pelos negócios da organização na América do Sul. Don Constantino era procurado havia anos pela polícia e trocava regularmente de endereço, revezando-se entre apartamentos discretos nas principais metrópoles sul-americanas. As fotos de Marco, que vivia com o pai e estava sendo preparado para, no futuro, sucedê-lo na Máfia, espalharam-se pela internet e chegaram a uma caixa de mensagens da Polícia Federal. Uma rápida investigação identificou o prédio onde os Modafferi viviam e todo o percurso feito pelas imagens desde que elas foram tiradas, chegando ao número do celular de Larissa.

Naquela mesma semana, Marco e Constantino Modafferi foram detidos e o núcleo da organização no Brasil começou a ser desmontado. O prejuízo para os mafiosos era incalculável. Don Constantino jurou vingança a quem causara tudo aquilo, e foi aí que um policial que estava na folha de pagamento da máfia soltou o nome de Larissa como a autora das fotos que desencadearam a crise.

De posse de uma ficha completa da garota, Don Constantino deu as instruções. Não importava que a tal Larissa não tivesse a intenção de revelar Marco para a polícia e que fosse menor de idade. Graças a ela e também a Juliano, que espalhara as fotos, um braço importante da organização fora ferido de morte. Os dois deveriam ser punidos.

• • •

No início daquela tarde, Juliano desapareceu ao sair de casa. A família estava histérica procurando notícias dele pela internet.

Um segundo policial federal, sabendo dos planos de Don Constantino, apressou-se a ir até a casa de Larissa no início da noite. Conversou com ela e com os seus pais explicando que a situação era grave e que Larissa e a família precisavam deixar o Brasil já. Ele se encarregaria de mobilizar alguns quadros da Polícia Federal para auxiliá-los na fuga, mas as malas teriam de ser feitas imediatamente para partirem, se possível, durante a madrugada. A informação era a que os homens de Don Constantino estavam se mobilizando para desfechar um ataque-surpresa já no dia seguinte, quando Larissa estivesse indo ou voltando da escola. O desaparecimento de Juliano não deixava dúvidas de que Larissa corria um perigo concreto.

Ela ainda tentou ligar para Betina para se desculpar e despedir, mas a garota não atendeu. Mandou, então, uma mensagem pelo celular, sem esperança de receber uma resposta. Betina tinha todas as razões para odiá-la para o resto da vida. Pelo menos, não precisariam se encontrar pessoalmente. Era o único consolo naquela fuga.

Naquele começo da madrugada, enquanto saía do apartamento levando as duas malas que enchera nas últimas horas com o máximo que pôde colocar

de roupas e objetos pessoais, Larissa se pôs a refletir. Arrependeu-se de lamentar por tantos anos a vida boa e protegida que tinha. De haver jogado fora um lar acolhedor com uma família carinhosa em troca de uma existência tensa, em alerta constante, sob o risco de ser assassinada, por causa de uma inconsequência motivada pela sua inveja de Betina. Sim, era inveja o tempo todo.

Um carro aguardava a família na garagem. As malas foram acomodadas no bagageiro. Larissa tomou o seu lugar no banco de trás. Não sabia para onde iria, pois os policiais preferiram manter o itinerário de fuga em segredo por medida de segurança. Só sabia que a culpa por ter causado tudo aquilo a acompanharia por muitos anos. Se tivesse, é claro, a chance de viver tanto.

E, então, quando estavam no meio da estrada, Larissa estranhou ao ver o carro deixar a rodovia e se embrenhar por uma estrada vicinal de terra batida, rodeada de mato. A estradinha ia se afunilando à medida que o carro avançava. Larissa se perguntava se seria um caminho escolhido estrategicamente para despistar eventuais perseguidores.

O carro começou a desacelerar. Ela avistou os faróis de um segundo carro parado a alguma distância. A silhueta de um homem aguardava de pé ao lado da porta do motorista. Ele usava luvas e óculos escuros, apesar da noite.

Larissa percebeu que a porta ao seu lado estava travada. Não havia, igualmente, como abaixar o vidro. Seria a primeira troca de veículos planejada pela polícia ou uma emboscada preparada por Don Constantino?

Larissa teve um arrepio. O próximo minuto traria a resposta.

DESTINOS

Shirley Souza

E justo quando você pensa que eles eram mais malignos do que o Inferno jamais poderia ser, eles podiam ocasionalmente mostrar mais graça que o Céu jamais sonhara. [...] a questão era que, quando um humano era bom ou mau, era porque queria sê-lo.
Neil Gaiman e Terry Pratchett, em *Belas Maldições*

DIFÍCIL LEVANTAR NAQUELA MANHÃ GELADA. Adoro o inverno, a sensação de dormir quentinha sob as cobertas é tão boa... Mas colocar o corpo para fora da cama às 5h30? Não! Ninguém merece.

Foi por causa do frio que perdi a hora e saí agitada, ainda prendendo o cabelo, que parecia ter vontade própria naquele dia.

Percorri apressada as quadras que me separavam do ponto de ônibus e, de longe, notei o piscar alucinado das luzes da viatura parada na esquina. Algo de ruim no meu caminho, logo cedo.

Sempre que um evento fora do comum acontece em meu dia, costumo ficar muito atenta. Acredito que nada se dá por acaso e que a vida proporciona encontros que nos fazem aprender, crescer. Situações que quebram nossa rotina são como um alerta brilhando na nossa cara: olha! Fica atenta!!!

Eu fico.

Concentrei minha atenção naquela esquina, ainda distante duas quadras. Alguns curiosos se aglomeravam para observar a cena e só consegui ver o corpo na calçada quando passei bem perto. Um morador de rua. A coberta ocultava a cabeça, mas deixava de fora os pés descalços e imundos. Morto por causa do frio? Possivelmente.

– Essa gente tem mais é que morrer! Bando de vagabundos! Só servem pra pedir esmola, se drogar e assaltar o povo que trabalha! – vociferou um homem atarracado.

– E deixam nossas ruas mais imundas! – uma mulher concordou e ampliou a sentença.

Não parei, segui para o ponto com uma sensação ruim. Duvido que algum deles conhecesse o homem morto. Ainda assim, muitos dos curiosos deviam ter opinião formada sobre o andarilho.

Jeito pesado de começar o dia...

Bom, pelo menos eu estava viva, indo trabalhar... e aquele homem? Morreu sozinho, deitado em uma calçada, em uma noite gelada. Essa reflexão me despertou um apego imenso à minha vida.

O ônibus chegou e, atrás de mim, subiu o homem atarracado que, durante a viagem, se encarregou de relatar a morte do desconhecido algumas vezes, todas elas vociferando suas certezas sobre quem merece viver ou morrer.

Balançando em pé no ônibus lotado, talvez por tanto ouvir aqueles absurdos, me vi pensando nisso. Realmente há um merecimento? Há quem mereça viver ou morrer? Quais são os critérios para isso? Não eram pensamentos do tipo bom para preencherem uma manhã. Preferia os anteriores em que valorizava minha vida, mas não teve jeito. Esses sobre o merecimento se agarraram ao meu cérebro com vontade!

Desci no ponto da padaria. Precisava comer algo e tomar um café para acordar os neurônios e fazê-los se concentrar na vida! Queria me livrar da sensação angustiante de nada fazer muito sentido.

A morte do morador de rua se diluiu, perdeu o impacto e a importância ao longo de meu dia, e mais ainda nos dias seguintes. Uma semana depois, era como se nada tivesse acontecido.

Minto.

Passar naquela esquina ainda me dava um nó no estômago. Dividir o ônibus com o tagarela também. Ele mantinha o silêncio na maior parte dos dias, porém, só de olhar para ele, sentia uma forte repulsa porque eu sabia o quanto ele menosprezava a vida de quem julgava inferior. Eu sabia o quanto ele era repugnante, mesmo que de boca fechada.

Mas foi só isso. No mais, a vida retomou seu rumo. Por pouco tempo, é verdade.

● ● ●

Foi o frio intenso do início da noite que me levou para dentro do café à procura de algo quente para aquecer o corpo. Antes de ir para a aula, queria me sentir melhor.

Não fazia nem duas semanas do episódio do morador de rua e a morte acabara de atravessar, de novo, o meu caminho. O que eu precisava aprender? O que a vida queria me mostrar?

Ver o corpo inerte na avenida, com o sangue manchando o asfalto, foi bem ruim. Aperto no peito, respiração acelerada demais, dolorida.

A vida é tão frágil... A morte é mais definitiva.

O homem atarracado que julgara quem merecia morrer ou viver acabara sentenciado à morte. Era ele ali. Até que fazia certo sentido. Um sentido cruel, mas coerente. A vida o considerara indigno.

Estava começando a me acalmar, com a xícara em minhas mãos, aproveitando o calor que o chocolate fumegante compartilhava comigo, quando aquele casal se sentou perto de mim.

Ao ouvir o relato da mulher, me percebi dividida entre a compaixão e a repulsa. Difícil compreender o que ela não estava sentindo.

Por mais que aparentasse estar abalada e descrevesse em detalhes o que vivera, eu estava de costas para ela. Não via seus olhos. E os olhos são a janela da alma, como o povo diz... São o espelho no qual as emoções se refletem de maneira intensa, verdadeira, cristalina. Para quem sabe lê-los, não há o que se possa ocultar.

A voz aguda, ligeira, revelava um nervosismo extremado, mas não trazia notas de sofrimento, apenas irritação. Não condizia com uma experiência como aquela. Deveria revelar alguma dor. Algo verdadeiro. Alguma sensibilidade pela vida perdida.

Seu interlocutor tampouco parecia abalado com os fatos. Nem sequer sensibilizado por eles. Um "hã-hã" monótono era intercalado por um "sei" ou um "puxa" a cada pausa que ela fazia.

Não precisei ver os olhos dele para saber que não estava de fato ali. Ouvia no automático, sem se deixar envolver pelo drama da vida. Quantos não fazem isso em suas muitas relações frágeis, não é? Quantos "hã-hã" preenchem o vazio de sentido nas conversas não ouvidas?

A compaixão que senti foi por identificar duas criaturas tão anestesiadas diante do terror do mundo. O homem caído em meio ao trânsito, com o corpo retorcido pelo impacto, era algo terrível de se ver, uma experiência traumatizante, daquelas que nos fazem sentir pelo outro e valorizar a vida que temos. Foi bem ali, na lateral da passarela, quebrada havia meses. Perigo para todos que circulavam por ela no dia a dia. É certo que eram poucos os que passavam por lá, ainda mais à noite. Medo, risco de assalto e de cair naquele buraco.

Como o homem caíra lá de cima? Não importava para aquele casal.

Ela sentira mais o trânsito que se seguiu ao evento, o atraso, o desconforto de estar sem o carregador do celular e ficar sem bateria. Meia hora ali! Parada... desconectada do mundo!

Eu ouvia e não acreditava. Como as pessoas podem ser assim? Tão cegas, tão ocas... tão ordinárias! Ordinárias...

Ele, com suas reações insípidas, também revelava que a perda de uma vida não ocupava o papel central desse relato de experiência.

Queria ter algo para falar sobre o homem atarracado, interromper a narrativa dela e contar um fato bom sobre ele, algo que os envergonhasse por reagirem daquela maneira. Mas eu não tinha nada a dizer. Calei e ouvi.

Como não sentir compaixão por criaturas tão cristalizadas, tão impermeáveis ao que de fato importa à trajetória humana?

Repulsa. Assumo. A repulsa foi maior que a compaixão.

Tenho um pouco de vergonha por assumir isso, mas é o que senti. Repulsa. Nojo.

Saí antes deles e esperei do lado de fora, no frio congelante. Precisava ver os olhos deles, saber se um traço de humanidade ainda restava ali, naquelas duas carcaças que só pensavam em si. Passaram por mim e o difícil foi assumir que eram vazios. Seus olhos não refletiam qualquer possibilidade de humanização. São muitos os que estão perdidos no mundo de hoje, desligados da vida.

Analisando por esse ângulo, talvez o que aconteceu a eles possa ser considerado o certo, não?

Pelo menos, tiveram a chance de sensibilizar tantos outros, tirar algumas pessoas desse adormecimento, desse estado de entorpecimento mental e emocional.

Talvez tenha sido o certo.

• • •

Quando a notícia do casal degolado apareceu na TV, eu estava almoçando na lanchonete da esquina da Av. 15 de Novembro. Aquela antiga, em frente à lavanderia. O frio, acompanhado da chuva fina, trouxera muita gente em busca de um hambúrguer com fritas. As mesas e o balcão estavam lotados. E, dali, era até legal ver o trânsito do lado de fora. Dava uma sensação de conforto...

Queria aproveitar aqueles minutos com calma, antes de sair correndo para o trabalho. Vida de estagiária não é fácil! Ganha-se pouco e a correria é grande. Fora que ninguém te enxerga. Quer dizer, se for para pedir alguma coisa, enxerga. Se for para dar um bom--dia, perguntar se tudo está bem... aí é mais difícil.

Ali, sentada no balcão, eu era como todos os outros. Não havia etiquetas registrando quem era quem. Mas isso não mudava o fato de ninguém enxergar o ser humano ao lado... assim, de verdade.

Pensa: quantas vezes você já parou e deu um bom-dia para um desconhecido na rua?

Eu faço isso. E, na maioria das vezes, fico sem resposta.

Quantas vezes você viu alguém na rua pedindo algo e se deteve com a intenção de ajudar? Quantas vezes apenas desviou, ignorou, apressou o passo, fechou o vidro do carro?

Ando muito incomodada com o jeito de conviver nessa cidade enorme. As pessoas não convivem... só dividem o espaço. E nem sempre fazem isso de maneira civilizada. Como naquele momento: a notícia do casal degolado apareceu nas telas de TV espalhadas pela lanchonete e não se fez silêncio.

Alguns poucos pararam sua refeição por instantes. Ouvi lamentos ao meu redor. Pequenos sinais de que nem todos estão dormentes e insensíveis à vida. Mas não se fez o silêncio merecido.

A imagem foi mostrada com distorções para evitar chocar os espectadores, mas pude reconhecer pelas roupas: era o casal da lanchonete do dia anterior. Estranho pensar em como essas pessoas, agora mortas, cruzaram meu caminho.

Mais uma vez a morte levava seres vazios. Seria esse o critério? Os seres ordinários, incapazes de reconhecer o valor da vida, recebiam suas sentenças antes dos demais?

A jornalista dizia que não havia pistas do criminoso e que nada fora levado do casal, não fora um assalto.

Como algo assim não faz com que todos parem e dediquem sequer um minuto de silêncio em respeito às vítimas? Como não leva todos a valorizarem a vida, a olharem para quem está ao lado com consideração?

É tudo tão banal!

Toda vida é preciosa e isso deve ser valorizado. Cada um de nós faz parte de algo maior, de um todo. Cada um tem um propósito. Eu acredito nisso...

Depois da notícia trágica, veio a previsão do tempo, que atraiu mais a atenção dos famintos. Muito mais gente silenciou para ouvir se a chuva iria cessar nos próximos dias.

Tudo é muito descartável. A notícia acabou e era como se nada de grave houvesse acontecido.

O atendente perguntou se eu queria mais alguma coisa e arrematou com um:

– Que bom que a chuva vai parar, né? Aí esquenta um pouco. Não aguento mais esse frio!

Não resisti:

– A chuva e o frio incomodam você?

– Claro! A roupa não seca, fica aquele cheiro ruim, tudo úmido... O trem lotado fica horrível com esses guarda-chuvas pingando! E sapato molhado, então? Tem coisa pior?

– E o casal degolado incomoda você?

– O quê?

– O casal da notícia anterior...

– Ah... todo dia alguém morre nessa cidade! É muita violência. Mas fazer o quê? Ainda bem que não foi comigo! – e riu, limpando o balcão.

Ele percebeu minha cara de espanto e continuou:

– Eles bobearam! Aquela praça é cheia de *noia*, não dá pra andar à noite.

– Eu me sinto mal com notícias assim. Tem muita gente sofrendo, precisando de ajuda nessa cidade. Parece que ninguém nota. Que todo mundo só quer saber de si.

– E tá errado? Se a gente não toma cuidado, a cidade devora a gente! Precisa ser cada um por si mesmo. Não tem outro jeito.

– Mas você não sente nada em saber de tanta dor? Tanta vida sofrida? Tanta morte?

Ele balançou a cabeça em negativa e completou:

– Não. Pra mim, esses aí que morreram nem existiam. Tô mentindo? A real é essa, menina. Acorda!

Mais uma vez senti repulsa por alguém ordinário, incapaz de se ver como uma parte minúscula de algo muito maior. Saí para a rua com a fala de minha avó na cabeça: "A vida ensina!". Será que ela estava certa? Ou é a morte quem ensina?

• • •

O rapaz cometeu suicídio e atrapalhou a volta para casa de milhares de trabalhadores. Se bem que às 22h o pico já passou... Acho que não foram milhares... A notícia para ser grande precisa exagerar? Não basta o fato que já é horrível?

O *site* da internet descrevia que não havia câmeras funcionando na estação. Ninguém viu o que aconteceu. A morte foi violenta, mas não imediata. Ainda agonizou uns minutos.

A identificação trazia o nome e a idade, informações que não fizeram sentido para mim, mas a foto 3×4 reproduzida fez. Era o rapaz da lanchonete.

Compartilhei a notícia no grupo de colegas da faculdade. Comentei que era o rapaz da hamburgueria. Alguns deles o conheciam.

Comentários de espanto, de lamentação, de tristeza vieram em resposta. Até mesmo dos colegas que nem faziam ideia de qual lanchonete era aquela. Todos reagiram, nem que fosse com um *emoji* triste. Todos menos um... que gastou seu tempo para teclar:

– Com a vida desse cara, até eu me jogava na frente do trem! Um ninguém, galera. Ia passar a vida no balcão da lanchonete. Tem gente que não tem saída. Melhor morrer cedo que ter uma vida miserável. Imagina se uma lesma dessa procria! Mais gente sem futuro no mundo...

Repulsivo! Alguns rebateram em protesto, outros riram, a maioria fez silêncio. E o que ele comentou nem surpresa foi! Era coerente com tudo o que fazia, com tudo o que falava. Repetia com frequência que havia pessoas melhores que as outras e, ao que parecia, o tamanho da conta bancária determinava isso.

Como eu podia não sentir nojo de um sujeito assim?

O poder de influência que uma pessoa ordinária pode ter é alarmante. Quando uma discussão mais séria parecia possível de brotar no grupo, bastou um comentário imbecil para minar qualquer reflexão.

Senti uma canseira imensa dominar meu corpo. Um peso tão grande...

Por mais que tentasse, não fazia qualquer diferença.

Mas cada qual tem seu papel nesta vida. Não cabe a mim recusar o meu destino.

É certo que precisei daquele homem atarracado para descobrir onde eu me encaixava. Antes dele nada fazia sentido, eu apenas vivia um dia depois do outro. Ele não tinha como imaginar o quanto o nosso encontro, naquela noite gelada, seria importante para minha vida. Entendi o meu propósito quando vi o corpo dele lá embaixo, estatelado na avenida. Parecia ainda menor visto do alto. Foi duro, sofri, mas impossível negar que fez sentido.

Alguns merecem morrer. Ele me ensinou. E eu aprendi.

Enxergava o invisível fio condutor que interligava essas mortes, mas o resto do mundo, não. O homem atarracado que julgava sem piedade, o casal tão centrado em si mesmo, o rapaz da lanchonete que não conseguia ver a importância da vida alheia... eram apenas umas poucas vidas perdidas em meio a um mar de tantas outras.

Pelo menos, dessa vez, não precisaria procurar uma pessoa ordinária, incapaz de valorizar a vida alheia. Antes de dormir eu já sabia qual seria a próxima morte dedicada ao despertar de tantas consciências.

Sabe, meu único erro foi este: escolher alguém que eu conhecia, de quem era próxima. Deixei rastros. Agi de maneira passional. Se tivesse pensado mais um pouco poderia ter sido diferente.

Semana que vem completo três anos de reclusão nesse hospital de custódia maldito. Meu advogado diz que eu deveria agradecer por não estar em um presídio comum.

E o idiota diz isso como se aqui fosse melhor do que um presídio!

Eu nem sequer deveria estar nesse lugar horrível!

Minha motivação sempre foi moral. Só pretendi tornar a vida em sociedade mais humana, mais respeitosa. Quantos despertaram por conta do que fiz? Não há como isso não ser o certo. Não há...

V DE VITÓRIA

Luís Dill

Nada mais cretino e mais cretinizante do que a paixão política.
É a única paixão sem grandeza, a única que é capaz de imbecilizar
o homem.

Nelson Rodrigues, em entrevista

VITÓRIA SAI DO *shopping* e começa a cruzar o estacionamento externo rumo ao ponto de táxi quando uma *van* corta o caminho da menina. A porta lateral desliza e a mulher jovem e sorridente grita seu nome. Vitória estreita o olhar tentando identificá-la.

– Oi, Vitória! Sou eu, a Claudinha. Trabalho no gabinete da tua mãe, não lembra?

– Oi – Vitória diz insegura.

Ergue a mão em um aceno frouxo. Mesmo em dúvida, avança dois passos. Claudinha? A menina tenta lembrar. São tantos assessores que não consegue guardar os rostos nem os nomes.

– Ó, tô falando com ela – a mulher dentro do automóvel diz e sacode o celular. – Que doideira! Chega aí, Vitória. Fala aqui com ela.

A mãe está em São Paulo ou no Rio de Janeiro acompanhando o velório de um senador. "Sempre querendo me controlar", a menina pensa, e é contagiada pelo sorriso da tal Claudinha. Aproxima-se do veículo. Então, a mulher agarra Vitória pelo moletom e a puxa para dentro com violência. A porta é fechada e a *van* arranca.

Caída no assoalho, Vitória abre a boca, vai reclamar. Mas o susto leva vantagem.

– Quietinha! – a mulher a adverte e enfia o revólver nas costelas de Vitória.

São quatro e vinte da tarde. É terça-feira. Em pouco tempo uma bomba explodirá no país.

● ● ●

Vitória está com o pulso direito algemado à cadeira. Olha em volta. O galpão é escuro e, ela deduz, enorme. A sua frente, uma bancada de ferramentas e um televisor antigo, as antenas em V. Sua mochila está ao lado. Consegue ver seu telefone. Ele está aberto, a bateria sobre a bancada. Ao lado, o *chip* dobrado ao meio. Mais adiante, quase encoberta pela escuridão, ela consegue ver a silhueta da *van*.

A menina grita por ajuda e os pulos do coração recomeçam. Do mesmo modo que barulhou dentro de seu peito ao ser obrigada a ficar deitada no assoalho do veículo. E calculou mais de uma hora de viagem. A tal Claudinha sempre com o revólver na mão e pedindo que ela se mantivesse calada. Vitória inclina a cabeça e lança seu pedido de socorro ao teto. Toma fôlego e já vai berrar, quando ouve passos.

– Quieta – diz a voz grave.

Ela estremece. Vira-se em pânico. Procura o dono da voz.

– Estamos no meio do nada. Ninguém vai te ouvir.

O homem sai da sombra e para diante dela. É alto e magro. Usa balaclava no rosto. Só os olhos ficam de fora. O sangue de Vitória gela.

– Não vai te acontecer nada – ele diz. – Só precisamos ficar contigo por um tempo.

Duas lágrimas brotam e despencam rápidas pelo rosto da menina. Estar sozinha ali é das piores experiências de sua vida, mas a presença dele torna tudo ainda pior.

– Daqui a pouco vamos te levar pra casa. Não te preocupa. Tá com sede?

Ela sacode a cabeça: não.

– Fome?

O mesmo gesto.

– Se precisar ir ao banheiro é só avisar.

– Eu preciso – ela diz. Está apertada.

O homem a avalia. Ela se arrepende de ter falado. Os olhos dele são frios, perturbadores.

– Tudo bem – e ele libera a algema. Pega-a pelo braço. Vitória tem nojo do toque, mesmo assim o segue pelo piso de concreto do galpão. À medida que avançam, as trevas revelam prateleiras e carcaças metálicas. O banheiro é pequeno, o vaso sem assento. Ele entrega a Vitória uma lanterna cilíndrica.

Com o foco, ela investiga o lugar em busca de bichos. Vê só poeira. Muita poeira. E nenhuma janela.

● ● ●

A TV está ligada. Edição extraordinária. O apresentador tem a expressão carregada. Informa sobre a obtenção com exclusividade de gravações telefônicas entre um deputado federal e o presidente da República. O rosto dos dois aparece no canto esquerdo do vídeo. O presidente acima, o parlamentar abaixo. No lado direito da tela, a transcrição das falas:

– Mas que *!%#/ é essa, Odorico?

– Tô dizendo, presidente. O negócio da fazenda vai dá rolo.

– Não quero saber, Odorico. Resolve isso daí.

– Presidente, o Ministério Público e a Polícia Federal começaram a investigar...

– Tem gente nossa lá, Odorico. Manda sepultar a investigação.

– Tô trabalhando, presidente. O senhor já contatou a Belinha?

— Hem? A Belinha?

— É. Ela é peça-chave, presidente. Achava bom o senhor ter uma palavrinha com ela.

— Depois eu ligo. Tá.

— É urgente, presidente. Ela intermediou o negócio da fazenda, os desvios, as transferências pro exterior. Vê isso logo, presidente.

— Tá. Abraço.

Vitória começa a transpirar. Perde a cor, sua pressão baixa. No instinto, tenta livrar o pulso da algema conectada ao braço da cadeira. A Belinha citada na conversa é deputada federal em segundo mandato, obteve mais de trezentos mil votos na última eleição.

Belinha também é mãe de Vitória.

• • •

Repórteres, comentaristas e convidados se alternam na TV. Políticos dão entrevistas. Uns pedem renúncia e prisão. Outros falam em golpe e ilegalidades. Aparecem manifestações nas ruas de diversas cidades pelo país. A favor e contra o presidente.

O aparelho tem antenas em V. Vitória lembra de sua foto com Evilásio, o presidente da República. Os dois estão sorridentes, fazem o V com os dedos, símbolo da campanha dele ao Palácio do Planalto. *Um governo como nunca se viu. Evilásio, o presidente que você pediu.*

A foto foi tirada em Brasília, no dia da posse. Fazia calor, muita gente na cerimônia. Belinha, sua mãe, conseguiu colocá-la ao lado do presidente. Ele se abaixou, abraçou a menina e sorriu. *Clic.* Vitória usa a foto em suas redes sociais. As colegas morrem de inveja.

Vitória se lembra de viagens de sua mãe ao exterior e à tal fazenda. "É trabalho, filha", ela sempre comentava. Vitória se lembra da compra de um apartamento de frente para o mar. Adora dormir na rede daquela sacada gigantesca. A menina se lembra da cara de espanto do pai ao receber de aniversário a caminhonete inglesa. *Réveillons* em Paris, Nova York e Abu Dhabi. Joias, roupas, sapatos, perfumes, cremes, acessórios, tudo sempre do mais caro. *Belinha pra fazer diferente.* Esse é o *slogan* da mãe.

O apresentador, ainda com a ruga na testa, explica: "O assessor direto do senador Peterson encaminhou as gravações à imprensa. O senador fora preterido ao cargo de ministro. O Palácio do Planalto divulga nota oficial afirmando que o presidente da República é vítima de complô sem precedentes, patrocinado por grupos oposicionistas antipatriotas".

Outra gravação é mostrada na TV. O presidente conversa com o senador Peterson.

– Em nome da nossa amizade, presidente. Pense como politicamente é interessante meu ingresso no governo.

– Escuta, Peterson, no momento estou com umas situações aí... De governo, sabe? Mas a gente...

– Poxa, presidente. Meu cargo foi promessa sua na campanha. Não me trate como povão.

– A questão não é essa. Veja, são coisas...

– Poxa, presidente, eu articulei toda a coalizão, trouxe partidos e empresários pra sua candidatura ... (inaudível) ... queria mais respeito.

– Vamos ver isso. O Odorico está equacionando. Amanhã ou depois isso se resolve. Abraço.

Vitória ajudou na campanha da mãe e de Evilásio. Foi a comícios, distribuiu santinhos nas esquinas. A mãe reforçou sua agenda a favor das minorias. Evilásio associou sua imagem aos pobres e prometeu honestidade acima de tudo.

A menina recomeça a chorar. Ainda não sabe por que foi apanhada. Será sequestro? Quanto pedirão de resgate? Imagina não ser problema para os pais pagarem. Ela é deputada; ele, dentista.

Um terceiro trecho das gravações é apresentado. O presidente Evilásio conversa com o deputado federal Odorico:

– Ele tá ameaçando todo mundo, presidente.
Perdeu o juízo.

– Não vou ser chantageado. Isso daí... Assim...
Eu vou te dizer. Nesse momento é bem ruim, sabe?

– Claro.

– E se for blefe, Odorico?

– O senhor vai querer arriscar, presidente?

– Porque alguém podia entrar lá, arrochar,
sabe? Na casa, no gabinete. É impossível que o
Peterson fique ameaçando... Assim... O país, sabe?
Isso não pode.

– O homem é um jumento. Não escuta,
presidente.

– Pois é, Odorico. Então tem que dar um jeito
nesse *!%#/!

A partir daí os convidados começam a debater a
respeito do significado da última fala do presidente.
O que ele queria dizer com *dar um jeito*?

A frase é avaliada com muita atenção porque o
senador Peterson foi assassinado na noite passada.
As primeiras informações apontam para uma tenta-
tiva de assalto no momento em que o senador chegava a um restaurante.

* * *

O homem da balaclava retorna.

– Ó – diz ele e estende um prato plástico com um sanduíche. Na outra mão, traz uma latinha de refrigerante.

Com a mão livre, Vitória apanha a refeição, mas tão logo sente o cheiro do pão de forma o estômago embrulha.

– Moço, deixa eu ir embora – ela choraminga. Não consegue manter a voz firme. Os olhos voltam a inundar.

– Vou deixar, sim – ele diz. – Só precisa ter um pouco de paciência.

– Mas o que foi que eu fiz?

– Nada – a voz do homem se torna mais grave e fria. – Mas tua mãe fez.

• • •

O comentarista da TV usa gravata-borboleta.

– Corrupção é crime – ele diz. – Como roubo ou homicídio. É a mesma coisa.

E, de forma didática, opina como a corrupção vinda dos altos escalões do governo prejudica a população. Verbas desviadas dos cofres públicos deixam de ir para saúde, educação, segurança pública, infraestrutura etc.

– As investigações devem ser minuciosas – ele prossegue. – Os culpados, sejam eles quem forem, devem devolver o dinheiro e ir pra cadeia.

Vitória o odeia, xinga o homem em voz baixa. Cadeia? Aí começa a chorar. Prefere acreditar que a mãe não está envolvida nesse caso. "Ela é tão boa", a menina pensa. "O Evilásio é tão legal, sempre sorridente, conversa com todo mundo. Isso não pode ser verdade, deve ser mesmo montagem."

O raciocínio de Vitória é interrompido pelo toque de um celular. Ela grita de susto. O homem da balaclava aparece do meio das sombras. Usa poucas palavras. Aí desliga, guarda o aparelho no casaco e, do bolso de trás da calça, apanha outro celular.

– Seja rápida.

Vitória não entende, já vai pedir explicações quando o telefone toca. O homem desliza o dedo sobre o aparelho e o encosta na orelha da menina.

– Vitória? – ela ouve.

– Mãe?

A partir daí, eleva-se no galpão uma confusão de vozes e choros. Vitória arranca o telefone da mão do homem da balaclava, pede ajuda, Belinha pede calma, diz que tudo vai ficar bem. A confusão dura menos de trinta segundos.

– Chega – ele diz e arranca o telefone de Vitória. Abre a tampa do aparelho, desconecta a bateria e quebra o *chip* entre o polegar e o indicador.

– Por favor! – Vitória implora.

– Agora está nas mãos da tua mãe.

* * *

A repórter de cabelo comprido entra ao vivo. Os pilares do Palácio do Planalto aparecem ao fundo. Vitória também tem foto ao lado dessa jornalista. Foi na posse da mãe.

– Os rumores por aqui indicam que a deputada Belinha estaria disposta a fazer delação premiada no caso das interceptações telefônicas envolvendo o presidente Evilásio, o deputado Odorico e o falecido senador Peterson. A deputada deve se pronunciar a qualquer momento.

No estúdio, os analistas voltam a debater o caso, projetam investigação demorada, caos político e antecipam as possíveis estratégias das defesas do presidente e dos parlamentares envolvidos.

– É tudo mentira – Vitória diz. Falar é o meio mais fácil para se convencer. A voz também precisa encobrir o luxo e o exagero experimentados por sua família nos últimos anos. O que seu pai pensaria sobre tudo isso? Lembra-se da televisão sempre ligada no canal de notícias na sala de espera de seu consultório. E suas colegas? E os professores? E os vizinhos?

Vitória recomeça a chorar e não consegue acompanhar mais o que dizem a repórter e os debatedores. Chegam a seus ouvidos palavras soltas: processo, decoro, propina, ética, polícia, ocultação, assassinato.

...

A luz da manhã fere os olhos de Vitória. Como indicado, ela caminha pela estrada de terra até a faixa de asfalto. Só há mato em volta. Ela não faz a menor ideia de onde está. Mesmo assim tem sensação de alívio no peito e no pulso marcado pelo aço da algema.

Ao ser liberada, o homem da balaclava foi claro:

– Avisa tua mãe que não seremos gentis da próxima vez – ele disse e deu partida na *van*. – Se a deputada abrir a boca... – ele fez ruído áspero e passou o polegar pela garganta. Acelerou deixando rastro de poeira.

Vitória chega à estrada. O asfalto está esfarelado em vários pontos e buracos de diferentes dimensões e profundidades se proliferam sobre o leito escuro. A menina está sem telefone e sem carteira. Tem apenas uns trocados no bolso que o homem lhe deu. Talvez dê para o ônibus.

Em poucos minutos ela sobe no coletivo, uma carcaça antiga, suja e rangente. Súbita saudade dos carros de luxo com os quais está acostumada e, sobretudo, com a primeira classe dos aviões que levam sua família aos melhores destinos.

O rádio do cobrador deixa todos bem informados sobre o escândalo que ameaça o governo. Não há lugar vago. As pessoas seguem amontoadas sem reclamar. A menina identifica cheiro de desodorante barato e cabeça suja. Exceto por ela, nenhum companheiro de viagem se importa. Vitória adivinha o peso de suas vidas em cada ruga, em todos os olhares abatidos.

O ônibus sacode, desconhecidos esbarram nela. Vitória segura mais forte a barra metálica sebosa por onde mil mãos já passaram. Não sente nojo. Em casa, o verdadeiro pesadelo a aguarda.

A SÉTIMA CHAVE
Rosana Rios

*Quem é essa mulher
que canta como dobra um sino?*
Chico Buarque de Hollanda, em *Angélica*

Mais uma vítima da violência na Capital
   Da Redação – Foi encontrado no bairro o corpo de uma senhora, vítima de latrocínio. Segundo a DP do distrito trata-se de A. M., professora aposentada e moradora local. A *causa mortis* não foi divulgada; sabe-se que a vítima foi agredida e sua bolsa levada. Policiais encontraram a cédula de identidade e um molho de chaves num bolso, o que possibilitou a identificação. A polícia lamenta não ter indícios para investigar a fundo este crime, cada vez mais comum na capital.
             (Noticiado no *Jornal do Bairro*, em janeiro)

• • •

Era julho e fazia frio.
Na rua agitada, os gêmeos Malu e Breno obser-

sua nova casa. As sete chaves penduradas no molho soavam como sinos.

– Pra que tanta chave? – resmungou o garoto.

– Deve ter um monte de portas – respondeu a irmã.

– É esta! – exclamou Nora, ao encaixar a maior na fechadura.

Cismado, Breno olhava ao redor. Um homem parado na banca de jornais fitou-os, pegou um celular e digitou algo. Assim que a porta da casa se abriu, o desconhecido foi embora.

A Casa Sete era parte de um conjunto de sobrados antigos, que pareciam ter uns cem anos. Entraram. Malu reclamou da escuridão. Breno achou o interruptor e acendeu as luzes.

Os gêmeos viram, no cômodo, caixotes trazidos pela companhia de mudanças com suas roupas, livros, colchões. Não haviam trazido os móveis do interior, onde tinham morado: na entrega da casa ao dono, lá ficaram. Nora suspirou e concluiu:

– Pode ser pequena, mas é nossa!

Pôs o molho de chaves numa caixa e foi com Malu conferir a cozinha. Breno correu para a escada e subiu os degraus de dois em dois. Do andar superior, berrou:

– Tem banheiro e dois quartos aqui! Mas não tem camas. Onde a dona da casa dormia?!

Mal disse isso, viu um pedaço de papel amassado num canto.

Pegou-o. Era o fragmento de um manuscrito:

Subo lá uma vez por mês, para a faxina. As pernas quase não me sustentam e tudo dói após o último encontro com ele. Além disso, o quartinho no térreo é aconchegante – e não está impregnado pelas recordações de L.

"É como se um fantasma respondesse minha pergunta! Quem será L.?", pensou.

– Tudo em ordem – ele ouviu a voz de Nora, lá embaixo. – Fogão, geladeira, máquina de lavar. Engraçado, quando vi a casa não notei esta porta fechada aqui. Onde pus as chaves?

Breno desceu, esquecido do bilhete. Ia dizer que não queria dividir o quarto com a irmã, quando viu a mãe usar a segunda chave do molho e abrir uma porta meio oculta.

Era um quarto sem janelas; havia uma mesa, um gaveteiro, um sofá-cama.

– Eu durmo aqui – resolveu Nora. – Vocês ficam com um quarto cada um, lá em cima.

E, enquanto os filhos corriam a desembalar os colchões, ela se sentou no sofá.

Brincou com as chaves do molho e recordou um dia, meses atrás...

• • •

Era abril; começava a esfriar. Os gêmeos estavam no colégio e Nora recebera em casa o advogado que lhe entregara os documentos e as chaves.

– A senhora tem alguma dúvida? – ele perguntara.

– Muitas – ela havia dito. – Quem é essa mulher? Por que deixou a casa para mim?

– Só sei que dona Angélica era professora aposentada e parecia doente quando procurou nossa firma para registrar a escritura e o testamento. Disse que sua única família era Rita, uma prima falecida. A senhora é filha dessa prima.

Nora era formada em Direito. Trabalhara num escritório até perder o emprego recentemente; ao analisar os papéis recebidos, deu especial atenção à certidão de óbito, à escritura da casa e ao testamento de *Angélica M.*, que deixara suas posses para *Nora F., residente em...*

"Tem algo estranho nessa história", pensou, com um calafrio, ao guardar os papéis. "A transferência do imóvel foi feita um mês antes da data do óbito na certidão. Só que ela não morreu de doença. Aqui diz *traumatismo craniano resultante de uma queda*. Ela sabia que ia morrer?"

– Por que tenho a sensação de que Angélica não é só uma prima distante? – dissera, alto.

Após a visita do advogado, mexera nos guardados da mulher que a criara como filha. Sabia que era adotada, mas não encontrara papéis de adoção após a morte de Rita. Nem no orfanato local sabiam a origem da criança que fora registrada como Nora F., filha adotiva de Rita F.

Achara somente um álbum com fotos de si, desde que era bebê até crescer, casar-se, ter filhos. Em uma foto antiga da mãe com outra moça, vira o nome *Angélica* escrito no verso. E recordara menções a uma prima querida que, estranhamente, Rita não tentara rever. Por quê?

Nora voltara a morar com a mãe adotiva após perder o marido num acidente. Sozinha com os gêmeos, a vida fora difícil e Rita a ajudara até falecer, no ano anterior. Agora, ao receber a inesperada herança, o destino lhe traçava novo rumo!

Naquele dia de abril, ao mexer em coisas antigas, encontrara também uma caixinha de metal. Fechada a chave, não abrira; e, na correria, sua intenção de levar o objeto a um chaveiro foi esquecida...

Até aquele dia de julho.

Os filhos haviam decidido quem ficaria com qual quarto e carregavam seus pertences. Cismada, ela foi desembalar os próprios guardados. Buscava o álbum e a caixa de metal; ao encontrá-los, levou tudo para o quarto onde deixara as chaves.

Não foi surpresa ver a terceira delas encaixar-se perfeitamente na fechadura da caixa!

• • •

Dentro havia cartões-postais, contas, papéis. E uma foto que nunca vira: uma mulher na maternidade, com um bebê recém-nascido nos braços.

– A criança... sou eu! – exclamou.

Sim, era seu retrato com um dia de vida. Reconhecia a si mesma pelas velhas fotografias do álbum de Rita... Só que a mulher da foto não era a mãe adotiva. Era Angélica. Jovem, rosto idêntico ao do retrato antigo com a prima.

Pouco depois os gêmeos desceram e a encontraram séria, digerindo a conclusão inevitável.

"Angélica teve uma filha e a entregou para Rita criar. Não quiseram que o fato fosse descoberto; trancaram as fotos e viveram afastadas para manter o segredo. Por quê?"

– Mãe, o que aconteceu? – Breno indagou. Notando as duas fotos sobre a cama, acrescentou: – Quem é essa mulher?

Malu, raciocínio rápido, percebeu as implicações no ar e encarou a mãe.

– A Angélica, que deu a casa pra gente... Ela era...

Nora fez que sim com a cabeça. O coração lhe confirmava: Angélica era sua mãe.

Mas essa certeza não a sossegava. Ao contrário, trazia-lhe mais dúvidas. E a intenção de descobrir o que as mães, a adotiva e a biológica, haviam ocultado.

Não escondeu nada dos filhos: contou-lhes tudo.

• • •

Nos dias que se seguiram, Malu e Breno familiarizaram-se com as redondezas. Nora saía quase todo dia para entrevistas de emprego.

Os gêmeos foram conhecer o colégio onde estudariam a partir de agosto e Malu enturmou-se com o time feminino da escola, que treinava futebol na quadra. As garotas foram muito receptivas. Como Malu gostava de jogar, passou a encontrar aquela turma com frequência. Já seu tímido irmão preferia zanzar pelo bairro e explorar lojas, praças, a biblioteca.

Semanas após a mudança, Breno ainda se queixava. Não entendia por que, se a casa era deles, a mãe não a vendia para voltarem ao interior... E sempre topava com o sujeito que vira no primeiro dia. Ele vivia por perto, no fim da rua, na banca, no mercado da esquina. Parecia de olho neles!

Numa tarde em que a mãe saíra para entrevistas e a irmã fora à escola jogar futebol, viu o molho de chaves na mesa da sala. Nora só fizera cópias da chave grande para os filhos. Pegou-as, fazendo-as tilintar.

– Por que sete chaves? – resmungou. – A maior abre a porta de entrada, a segunda abre o quartinho, a terceira abriu a caixa da vó Rita. E as outras?

Sem nada para fazer, Breno foi investigar. Não viu nada mais com cara de fechadura na casa e foi para o quintal. Distraiu-se chutando uma bola no muro dos fundos.

Até que viu algo brilhar no meio da hera que cobria o muro.

A vegetação era espessa; ele a afastou como uma cortina. E ali, bem escondido, achou um portão de metal. Com fechadura!

– Tem de servir – exclamou, correndo para a casa.

Voltou com as chaves. Experimentou a quarta, que girou entre o som de sinos e abriu a portinha de metal. Dava num beco estreito entre duas casas da rua de trás. Breno pôs as chaves no bolso; deixou a bola no vão entre o batente e a porta para mantê--la aberta.

Percorreu o beco semiescuro e saiu na rua traseira.

"Uma passagem secreta! Essa Angélica era bem estranha..."

Já ia voltar para casa quando, numa loja próxima, viu alguém que reconheceu: uma vizinha do sobrado. A mulher lhe sorriu.

– Boa tarde! Você é filho da Nora, que comprou a Casa Sete, não é?

– Sou... – ele murmurou.

– Você descobriu a porta traseira – disse a vizinha. – A Angélica, que morou nessa casa, às vezes escapava pelos fundos. Coitada, sofreu muito, sabe? O marido era violento, um monstro! – Soltou um suspiro dramático e continuou: – A última vez que a vi me pediu pra guardar uma coisa. Será que sabia o que ia acontecer...? Quem sabe sua mãe conheça algum parente dela para eu entregar *aquilo*.

Breno prometeu que falaria com a mãe. Voltou para casa imaginando o que Angélica – que Nora acreditava ser sua avó – teria entregado para aquela mulher.

• • •

Nora andava com pressa. Duas entrevistas de emprego tinham sido positivas: a primeira, no departamento legal de uma empresa multinacional, renderia um bom salário; a segunda, uma ONG que prestava assistência jurídica a pessoas carentes, pagava menos, mas Nora simpatizara com a diretora da organização e torcia para que a entrevista resultasse em contrato.

Na avenida encontrou a filha, que saía do colégio após jogar com as novas amigas.

Pararam no mercado e compraram uma pizza para o jantar. E a garota disse, apreensiva.

– Mãe... O Breno tem razão. Aquele sujeito tá ali de novo.

Era verdade. O mesmo homem que o filho já acusara de vigiá-los estava outra vez na banca de jornal. Fingia ler uma revista e observava as pessoas que passavam.

Apressaram o passo.

Em casa, o garoto as recebeu com uma conversa estranha sobre chaves, fugas, passagens secretas. Nora nem estranhou haver uma porta oculta; aquela mãe que não conhecera a surpreendia mais a cada dia! Sentiu outro calafrio.

Depois foi à casa da vizinha. Sozinha, apesar dos resmungos dos gêmeos.

Trouxe um vaso de cerâmica com um pé de azaleias, que pôs na mesa da sala.

– Era isso? – a decepção de Breno a fez rir. – Podia ser um baú de tesouro...

– Não viaja, mano – comentou Malu, escondendo a própria decepção.

Mas ambos prenderam o fôlego ao verem a mãe enfiar os dedos na terra mole do vaso.

– Quietos, os dois. Segundo nossa vizinha, Angélica não era chegada em plantas; ela nunca entendeu o motivo de pedir que cuidasse desta... Mas tenho uma desconfiança.

E retirou, do meio das raízes, uma caixa de metal. Igualzinha à de Rita!

Os três se entenderam com um olhar. Enquanto Nora replantava o pé de azaleias e Malu levava a caixa à cozinha, para limpar a terra, Breno corria em busca do molho.

A quinta chave abriu a fechadura.

Na caixa, fotos e algumas páginas manuscritas. Nora espalhou tudo no chão da sala.

Malu abriu a primeira folha que havia lá. Era o mesmo papel do bilhete que o irmão encontrara, dias antes. Dizia:

Faz frio. Escrevo enrolada na manta para me aquecer e atenuar as dores. O analgésico demora a fazer efeito... Enquanto isso, melhor pensar em outra coisa para não lembrar da dor.
Ele foi mais violento esta noite. E eu me arrisquei por causa da gravação! L. desconfia de algo e continua com ameaças. Diz que, se eu tentar fugir de novo, vai me matar.

Noutro fragmento estava escrito:

Amanhã vou sumir com o celular e trocar o esconderijo da caixa com as fotos de Rita. Ah, como queria rever minha prima e a pequena! Mas é melhor assim. Ela nasceu nos meses em que estávamos separados, ele não soube de nada... A menina está segura.

As fotografias retratavam Nora, seu casamento, os gêmeos.
– Mistério decifrado, mãe – comentou Breno, dando-se ares de detetive. – É como se a própria Angélica guiasse a gente para uma descoberta!
Nora apertou a mão de Malu, ambas comovidas com o que liam.

– Então, filho, faça como os investigadores dos livros. Explique o mistério – pediu.

Cheio de si, Breno, leitor voraz de novelas policiais, não hesitou.

– Angélica morou nesta casa. Era casada com L., um sujeito violento que maltratava a coitada. Aí ela ficou grávida. Escondeu isso dele e o bebê nasceu num tempo que ficaram separados. Teve uma menina... e deu um jeito de entregar para vó Rita adotar.

– Ela quis me proteger da violência dele – murmurou Nora.

– As agressões continuaram – Breno prosseguiu –, e ela não pôde fugir. Começou a gravar alguma coisa. Provavelmente com um celular. Mas L. estava desconfiado, fazia ameaças. Ela escondeu as fotos e os escritos no vaso, entregou à vizinha. Procurou os advogados e passou a casa pra você, mãe.

Malu ficou em pé de um salto. Já não sentia comoção. Sentia raiva.

– Aí ela é "assaltada" e morre. Traumatismo craniano. Coincidência? Não! Agressão e feminicídio! Mãe, vamos desmascarar esse L. Ele tem de pagar pelo que fez com vó Angélica!

Sorrindo, ao ouvir a filha "adotar" definitivamente a nova avó, Nora retrucou:

– Como? Não temos provas concretas. O celular não estava com o advogado, nem na casa ou nas caixas de metal. O sujeito estava desconfiado, e se o encontrou e destruiu?

– Ele é um agressor, pode ser um assassino! – acrescentou Breno.

– Pior – a mãe suspirou. – *Ele é meu pai.*

• • •

O primeiro dia de aula no colégio novo foi tranquilo para Breno; as atenções se desviaram para Malu, já enturmada com as garotas do time. E, ao saírem da sala após as aulas, os irmãos viram sua mãe falando com a coordenadora.

Aproximaram-se e descobriram que Nora só fora levar um comprovante de residência atualizado, pois haviam chegado as primeiras contas. E fizeram uma descoberta.

– Vejam que coincidência! – exclamou a coordenadora, ao vê-los. – Acabo de contar a sua mãe que vocês moram na casa de uma ex-professora nossa! Entrem...

Os dois se entreolharam, enquanto a mulher os levava para a sala dela falando na tal professora. Não sabia da herança; julgava que Nora havia comprado a casa.

– Ah, foi uma tristeza quando Angélica se aposentou e depois veio a falecer. Que mulher sofrida! Às vezes vinha dar aula cheia de contusões. Dizia que era desastrada, caía da escada, essas coisas. Mas nós sabíamos a verdade.

– Ela era agredida pelo marido – Breno deixou escapar.

– Uma vizinha nos contou – explicou a mãe, congelando o filho com o olhar.

– Como eu sempre digo – a coordenadora continuou –, de que adianta a pessoa ter um cargo importante e ser um canalha? As histórias que eu ouço nesta escola...

Ela falou por um tempo até que, cansada de tagarelice, Nora levantou-se para sair. No entanto, a mulher a deteve.

– Tinha me esquecido... Angélica ia esvaziar seu armário na sala dos professores, mas não pôde. Vocês teriam a quem entregar seus pertences pessoais?

A tímida resposta de Nora foi abafada pelo entusiástico "SIM!" de Malu. E foram para a tal sala, onde viram uma parede forrada de armários.

Para surpresa da mãe, da irmã e da coordenadora, Breno enfiou a mão na mochila e, do fundo, pescou... o molho de chaves tilintantes!

A sexta chave abriu a porta marcada "Angélica". Lá dentro, uma pasta bem cheia.

– Obrigada – Nora despediu-se, apossando-se da pasta e das chaves com novo olhar gélido para Breno. – Faremos isto chegar à família dela.

Em casa, outra operação espalhar-coisas-no--chão-da-sala. Havia cadernos de anotações, provas corrigidas, canetas, livros.

– Aaah – suspirou Malu, desanimada. – Eu tinha esperança de encontrar o celular...

E Nora decidiu que os filhos precisavam parar de investigar aquilo.

– Para mim, chega – disse, séria. – Não somos detetives num romance. Vamos esquecer esse mistério!

Breno resmungou; Malu arregalou os olhos, pois, ao repor a papelada na pasta, a mãe deixara cair algo estranho. Um cartão plástico.

– O que será? – A garota o analisou. – Tem números de um lado e uma etiqueta no verso.

– Parece ser a senha de uma caixa postal – Nora respondeu, com hesitação. – A etiqueta contém um endereço?

Breno pesquisou no celular da mãe. Achou o endereço de uma agência dos correios.

– Vamos lá amanhã cedo! As pessoas alugam essas caixas pra receber correspondência e guardar documentos! Falta uma chave no molho, aposto que ela abre a caixa postal da Angélica!

Entretanto, Nora adiou a ida ao correio para mais tarde.

– Certo, mas vocês têm aula de manhã e eu tenho retorno a uma das empresas. Terei uma segunda entrevista, agora com o chefão! Achar emprego é prioridade. Estamos entendidos?

Estavam.

No dia seguinte, Nora tomou café e saiu mais cedo que os filhos, que não teriam a primeira aula. Iria ao colégio para encontrá-los na saída.

– Temos tempo antes de ir pra escola – Malu propôs. – O que você acha de...

– ... olhar tudo que descobrimos até agora? – o irmão completou. – Vamos!

Pegaram o álbum de vó Rita, as caixas de metal, a pasta do colégio. Reviram tudo: fotos, escritos, documentos. Ao abrir um dos cadernos, porém, Breno empacou.

– A capa grudou.

Puxou com cuidado para não rasgar e, do meio do papelão da capa, saiu uma foto um tanto apagada. Um retrato de casamento.

Malu reconheceu a noiva.

– É ela! Olha o verso: diz *Angélica e Libório*. Datado de trinta anos atrás.

Breno fez uma careta.

– *Libório?* É o nome do marido? Engraçado... já ouvi a mãe dizer esse nome.

– Parece familiar, sim.

O olhar de ambos foi para a mesa em que Nora reunira, num envelope, os contatos dos locais em que havia feito entrevistas. Lá, Breno encontrou um cartão.

– *Libório M. Empresa X. Malu! L. é o tal chefão!*

– Da empresa em que a mãe vai tentar o emprego! Lembra o que a coordenadora disse? *De que adianta a pessoa ter um cargo importante e ser um canalha?*

Os gêmeos entendiam-se mais com o olhar do que com palavras. Em segundos pegaram a foto, o cartão, as chaves e saíram correndo. Tinham de encontrar Nora antes da entrevista!

O impressionante edifício de metal e vidro parecia cenário de um filme de ficção científica. Ao entrarem, viram Nora no saguão à espera do elevador. Malu a chamou:

– Mãe!

Breno a alcançou e mostrou a foto. Surpresa, ela recuou.

Naquele momento o elevador, vindo do subsolo, parou no térreo e se abriu. Dentro dele, duas pessoas: um homem engravatado, que puderam identificar pela foto do casamento, apesar dos cabelos grisalhos... e um outro, que eles conheciam bem.

O sujeito que estivera, desde seu primeiro dia na capital, vigiando a rua.

Os quatro se olharam. O executivo e seu capanga, a mãe e o menino. Houve reconhecimento nos olhos de cada um... Então a porta do elevador se fechou e Malu pediu:

– Vamos pra agência do correio, agora!

● ● ●

Não é preciso contar que a sétima chave abriu a caixa postal de Angélica. Que dentro havia um aparelho celular com vídeos e gravações de áudio na memória...

E um bilhete.

Sempre penso que fui covarde. Sabia que não era a única que ele agredia... Fugi dele, sim, mas L. me encontrava e eu voltava à casa que herdei de meus pais. Tive de esconder tanta coisa dele e de todos! Talvez minha filha, se encontrar esta caixa postal, possa revelar tudo. Foi por ela que pude resistir. Só espero que possam entender minhas escolhas... A. M.

Eles pareciam hipnotizados, no correio, diante da confirmação de suas hipóteses.

Breno propôs irem à polícia, mas a mãe teve outra ideia. De lá, foram à outra organização em que ela fora entrevistada. E conversaram com a diretora da ONG com quem Nora já simpatizara.

Séria, a mulher analisou o material. Aconselhou que eles esperassem ali mesmo enquanto acionava seus contatos.

...

Malu acordou com o chamado irritado da mãe.

– Se não descerem *agora*, vou jogar água fria nos dois! Vão se atrasar para a aula!

Do quarto ao lado veio a voz sonolenta de Breno.

– A gente já vai, mãe...

Durante o café, uma batida na porta os assustou. O pessoal da ONG e a polícia haviam dito que não corriam perigo, mas eles sabiam a quem suas acusações envolviam. E que a violência contra mulheres nem sempre é investigada, quanto mais punida!

– Nora, sou eu – disse uma voz conhecida lá fora.

Breno abriu; era a vizinha que, um dia, cuidara das azaleias de Angélica. A mulher entrou, apossou-se do controle remoto da TV e o acionou.

– Vocês têm de ver o noticiário!

Nora despencou no sofá ao ouvir a apresentadora dizer:

A Polícia Civil efetuou, ontem, a prisão do empresário Libório M., diretor da empresa X. Preso no Aeroporto Internacional ao tentar sair do país, o empresário é suspeito do assassinato da esposa, professora Angélica M., que se pensava ter sido vítima de um latrocínio no início do ano. Segundo a delegada encarregada do caso, a polícia capturou um cúmplice do crime, que confessou participação no feminicídio e relatou outras ocorrências de agressão. Consta que há vídeos e áudios tão comprometedores que nem será possível à Defesa pedir habeas corpus. E a Polícia Federal acompanha o caso, pois o empresário parece estar implicado em crimes seriais: com a notícia da prisão do cúmplice, testemunhas têm comparecido a DPs deste estado. Libório M. pode ser acusado pelo assassinato de várias mulheres desaparecidas, inclusive ex-funcionárias.

A TV foi desligada, a vizinha se foi e os três respiraram. Nora precisava ir para a ONG onde agora trabalhava. Os gêmeos teriam prova na primeira aula.

Mas, antes de sair, eles olharam com gratidão para a foto ampliada que agora enfeitava a parede da sala de sua casa: vó Rita abraçada à vó Angélica.

Todos, agora, sabiam muito bem quem era aquela mulher.

SEVERINO RODRIGUES

Quando adolescente, não conseguia parar a leitura de um livro policial. Descobrir a motivação do crime era minha maior curiosidade. Depois, ao escrever histórias desse gênero, criar um personagem inteiramente mau me parecia inverossímil. Então, entrava na internet e me deparava com notícias sobre a dualidade do ser humano e me assustava também com episódios de violência no trânsito por causas banais ou até mesmo inexistentes. Dessas reflexões, nasceu a história do conto deste livro que, infelizmente, ainda não é somente ficção. Visite meu *site*: www.severinorodrigues.com.

REGINA DRUMMOND

Nasci em Minas Gerais e moro em algum lugar entre Alemanha e Brasil. Sou autora de mais de 120 livros, tradutora, palestrante internacional e contadora de histórias. Minha obra recebeu prêmios e foi traduzida para outros idiomas. Adoro viajar, viver aventuras e descobrir coisas novas, principalmente se recheadas de suspense e mistério! Me diverti muito escrevendo o conto deste livro. Eu tinha lido algo parecido no jornal e adorei desenvolver o texto do meu jeito. Aproveite! Visite meu *site*: www.reginadrummond.com.

FLÁVIA CÔRTES

Sou escritora, roteirista e tradutora, formada em Letras e especialista em Literatura Infantil e Juvenil pela UFRJ, mestre em Estudos Literários pela UERJ e vice-presidente da AEILIJ. Para escrever o conto deste livro, me inspirei em *youtubers* famosos, assisti a muitos vídeos e, claro, abusei da imaginação. Foi muito bacana poder falar desse mundo dos influenciadores digitais e das questões geradas pelo sucesso desenfreado, como as relações humanas, o rancor e a depressão. Visite meu *site*: www.flaviacortes.com.

LUIS EDUARDO MATTA

Foi a ficção de mistério que, ainda na infância, me despertou o prazer da leitura. Desde esse tempo, ela me acompanha todos os dias, como leitor e como escritor – praticamente todos os livros que publiquei são de mistério. Essa paixão pelo gênero – aliada à minha inquietação em relação à realidade e ao interesse que sempre tive pelos sentimentos humanos – me levou a escrever o conto que integra este livro. Uma história que, afora os recursos tecnológicos, poderia se passar em qualquer época. Visite meu *site* e me conheça melhor em: www.lematta.com.

SHIRLEY SOUZA

Sou fã das histórias de mistério, tanto narradas em filmes, séries e *games* como em livros. Minha predileção é por aquelas que nos fazem ter certezas que desmoronam com o revelar dos fatos. Ler uma narrativa de mistério é um convite para imaginar, preencher as lacunas, sentir o perigo próximo. Sempre gostei de escrever. Criar histórias, para mim, é como criar mundos e personagens vivos de verdade. E as histórias de suspense, mistério e terror são um desafio que me envolve. Se quiser conhecer mais o que escrevo, visite meu *site*: www.shirleysouza.com.

LUÍS DILL

Nasci em Porto Alegre, em 1965. Histórias de suspense e mistério sempre me fascinaram. Na infância, os seriados americanos me influenciaram muito e me auxiliaram na formação como escritor. Tenho mais de 50 livros publicados e muitos deles são policiais, meu gênero preferido. Mas, antes de tudo, sou leitor, leio de tudo. Também sou formado em Jornalismo, pós-graduado em Literatura Brasileira, ganhei alguns prêmios literários e estou em: www.luisdill.com.br.

ROSANA RIOS

Sou apaixonada por histórias policiais desde sempre. E quando me tornei autora de literatura juvenil, claro que logo comecei a escrever contos de mistério! Após mais de 30 anos de carreira e quase 200 obras publicadas, faltava-me ainda escrever sobre o feminicídio, crime tão desprezível... e que, infelizmente, nem sempre é investigado com rigor. Bem, pelo menos no meu conto o criminoso foi preso. Espero que os leitores gostem da história das sete chaves, e que, na vida real, sempre se faça justiça! Visite meu *site*: www.rosanarios.wixsite.com/rosanarios.

AUGUSTO ZAMBONATO

Sou um ilustrador de Santa Maria, Rio Grande do Sul. Sempre fui fascinado por histórias e, com a ilustração, descobri uma forma de criar imagens que ajudam a contá-las. O maior desafio de produzir as ilustrações deste livro foi encontrar o equilíbrio entre apresentar elementos das narrativas que instiguem a leitura e, ao mesmo tempo, manter o suspense e não revelar o desfecho das histórias. Visite meu *site*: www.augustozambonato.com.

Este livro foi composto com a família
tipográfica Charter e Special Elite para
a Editora do Brasil em 2020.